螺旋(らせん)を描いた光が、
ルヴァインの指先から
少女の手に
吸い込まれていく。

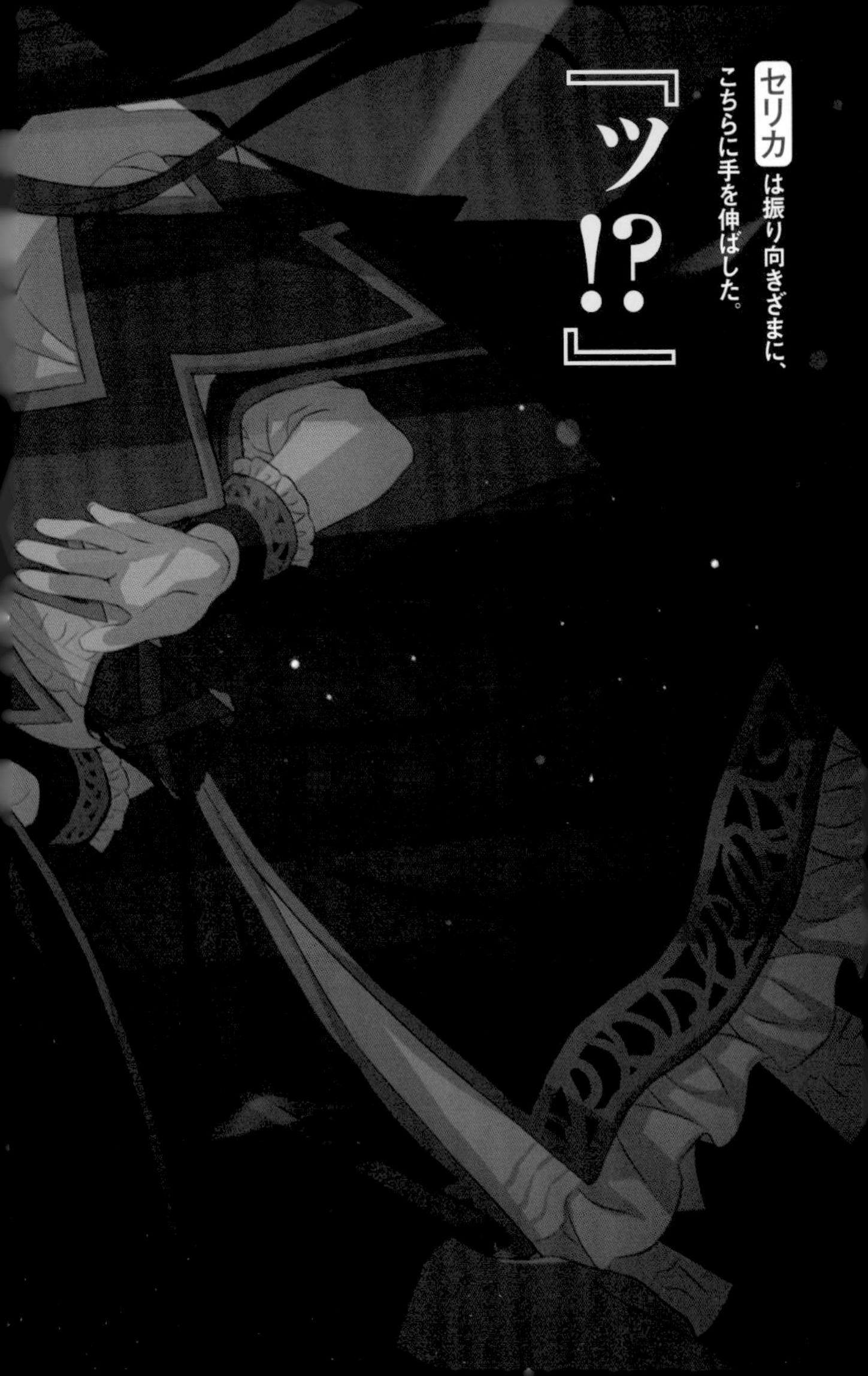
セリカは振り向きざまに、
こちらに手を伸ばした。
『ッ⁉』

彼女の手は、しかし何かに遮られるかのように、
亀裂を越えることはなかった。

INTRODUCTION

6

二人の日本人

「魔錠の迷宮」でジルアーテを助けたことで、
アインビスト連合の盟主ゲルハルトから
精霊魔法石を贈られたヒカル。
ヒカルはその精霊魔法石をクジャストリアに渡し、
日本とこの世界をつなぐ、
「世界を渡る術」を完成させた。
しかし、念願の帰還方法を見つけたヒカルだが
日本とこの世界のどちらが良いのか迷い、考え込む。
安全が確保され、欲しいものがすぐに買える日本。
もしくは、危険はあるが夢もあるこの世界。
悩むヒカルはある日、同じ日本人であるセリカと偶然出会う。
久しぶりに日本語での会話を交わし、
お互いの情報を交換して意気投合した二人だったが、
ふと思いつき、日本への帰還が叶うとしたらどうする、と
ヒカルはセリカに問いかける。
その答えは――
『そんなありもしない「もしも」なんて、聞きたくないわ』

この世界で生きるか、日本へ戻るか。
少年が出す答えとは――？

察知されない最強職（ルール・ブレイカー） 6

三上康明

ヒーロー文庫

察知されない最強職
ルール・ブレイカー
6
illustration 八城惺架

CONTENTS

イラスト／八城惺架
装丁・本文デザイン／5GAS DESIGN STUDIO
校正／福島典子（東京出版サービスセンター）
DTP／伊大知桂子（主婦の友社）

この物語は、小説投稿サイト「小説家になろう」で
発表された同名作品に、書籍化にあたって
大幅に加筆修正を加えたフィクションです。
実在の人物・団体等とは関係ありません。

プロローグ　迫られる選択と、予期していなかった再会

　ナイフとフォークを持った黒髪の少年——ヒカルの手が止まっていることに、向かいに座っている少女は気がついた。光を含んだ美しい銀髪に、憂いを帯びた青色の瞳。その優雅な所作からもどこぞの令嬢にしか見えないラヴィアは、ヒカルとともにレストランで夕食を取っていた。

　大陸では大国に数えられるポーンソニア王国。その王都にある富裕層が通うレストランに、少年と少女ふたりきりで入店するのはさすがに珍しいが、ぴしっとした身なりの給仕たちも、他の客も、気にしない。他者に露骨な関心を示さないだけの分別のある客しか入れない店だし、それ相応のお値段もするのだ。

「ヒカル？　食事が進んでいないようだけど、美味しくない？」

　ハーブをたっぷり効かせた白身魚のソテーは、淡白な魚に味付けの濃さとハーブの香りがよく調和しており、ラヴィアはぺろりと一皿食べてしまった。

「……えっ。あ、ごめん。ちょっとボーッとしてた」

　ボーッとするなんてヒカルにしては珍しい。ひょっとしたら疲れているのではないかと

ラヴィアは思い当たった。

夏が盛りのころは毎日のように冒険者ギルドの訓練場で汗を流し、その後は大陸の南に浮かぶ小さな島、南葉島のダンジョンへと向かった。そこで、かつてヒカルが救ったジルアーテという少女と再会し、彼女とともにダンジョンの難関を突破、それから島を制圧していた聖ビオス教導国の神殿騎士団と激突し、勝利した。

島を出てからはゆったりとした気分であちこちを観光しながら帰ってきたのだが、確かに忙しない毎日だった。

「ヒカル。明日から数日はホテルでゆっくりしたら？」

「どうして？」

「どうして、って……疲れているんでしょう？」

「体力的には全然大丈夫だよ。あ……ごめん。もしかしてラヴィアこそ疲れがたまってた？　全然気づいてなかった」

「そうじゃないのだけれど……」

「？」

なんだか、話が噛み合わない。どうやらヒカルは、疲れているわけではないようだし、それならそれで問題ないのだが。

ひょっとして、この王都にやってきたこととなにか関係があるのだろうか。

ヒカルは、王都の衛星都市であるポーンドの街の冒険者ギルドで、精霊魔法石を手に入れたらしい。中央連合アインビストの盟主、獅子の獣人ゲルハルトから「ジルアーテのことでは世話になった」と、南葉島のダンジョンで入手した精霊魔法石を冒険者ギルド経由で贈られたのだ。

それからヒカルは「王都に行きたい」と言い、ここにはいないがポーラも連れて3人でやってきた。ちなみにポーラは今、王都の治療院を回って、病気になってもお金がなくて治療できない人たちをほぼボランティアで治療して回っている。花模様の銀仮面を着けて身元がバレないようにしながら。

王都に来た目的は、その精霊魔法石を、新国王であるクジャストリア女王に献上するため——らしい。献上することについてはラヴィアとしても否やはない。精霊魔法石が見たこともないほどのサイズで、とんでもない金銭的な価値を持つことはわかっていたが、彼女はお金に執着はなかった。それよりもヒカルやポーラといっしょに冒険できて、好きな本を読むことのほうが重要だ。

「いつごろポーンドに戻る？」

話を変えると、ヒカルは少しだけ考えるようにした。

「……ねえ、ラヴィアはなにかポーンドに用事ってある？」

「ないわ」

ないどころか、戻らなくていいのなら、戻らずにすませたいところである。ラヴィアはかつて父親を殺害した容疑で指名手配されていたが、今はそれも解除され、完全に自由の身だ。王都に滞在していても危険はないし、なにより書店がいっぱいある。

むしろポーンドには、ヒカルとの距離がやたら近い冒険者ギルドの受付嬢がいる。

(あれは、冒険者と受付嬢の適正な距離じゃない。でもヒカルはポーンドに思い入れがあるみたいだし、ヒカルの好きにさせてあげたい気持ちもあるのだけれど)

むむ、とラヴィアの眉間にシワが寄る。

「……ラヴィア、どうしたの？」

「なんでもない」

「いや、なんでもなさそうじゃなかったけど——ま、いっか。もうしばらくは王都にいようかなって思うんだ。滞在費は高いけど、ギルドの仕事も結構あるし」

「ん、それがいい」

ヒカルのほうから王都に滞在したいと言ってくるのならそれは好都合だ。ラヴィアは一も二もなく賛成した。

「……それにしても、贅沢(ぜいたく)ができるようになったものだよなぁ」

ヒカルはしみじみと言う。

以前ラヴィアが聞いたところでは、ヒカルがこちらの世界にやってきた当初は無一文で、空きっ腹を抱えて冒険者ギルドの依頼を受けていたのだとか。雑魚寝がせいぜいの安い宿に、屋台で食べるご飯。まさに「冒険者」という感じで、ラヴィアはうらやましく思ったものだが、ヒカルに言わせると「二度は経験しなくていいかな」とのことだった。

「ヒカルがいた……ニホン、という国だっけ？　そこでもこれくらいの食事は贅沢だったの？」

「うーん、そうだね。こんなに高級な雰囲気のお店で食事をするというのは、やっぱり贅沢だよ。食事そのものは……日本だと安いお金でも、かなり美味しいご飯を食べられたから」

「へえ……。だからなのね」

「なにが？」

「ヒカルの食へのこだわり。その年齢で、しかも冒険者で、ここまで食事にうるさい人なんてふつういない」

「……そうかな？」

「そう」

　ヒカルは苦笑いしながら、再びナイフとフォークを動かし始めた。

　ラヴィアが図書館に行きたいと言うのでそこまで送ってから、ヒカルはひとりになった。9月も中旬になると太陽の陽射しは急に柔らかくなり、日陰に入ればぐっと涼しくなる。巨木の木陰を利用したテラスがあるカフェへとやってきたヒカルは、コーヒーを頼んだ。この世界にもコーヒーがあるなんて、うれしい発見だった。

ただ、ドリップ用のフィルターが粗いのでカップの底には豆の粉が残るし、アメリカンをさらに薄めたようなコーヒーではあるのだけれども。それでも、豊かな香りと味はヒカルにとっては十分だ。

午前中のカフェは空いており、木陰のテラスでコーヒーを飲みながらヒカルはひとり、考えている。

――人間が通れるほどの大きさは、開けられるでしょう。ですが時間を延ばすのは難しいと思われます。つまり、ひとりぶん……タイミングを合わせればふたり、でしょうか。それくらいなら向こうの世界に渡ることができると思います。

クジャストリアの言葉を思い返した。ひとりかふたりならば、向こうの世界――つまり日本に帰れるということだ。

(僕とラヴィアのふたりで、日本に行く……？　いや、ポーラはどうするんだ。ここまで僕らに付き合ってくれて、ここで「はいさよなら」とかないだろ。「世界を渡る術」をもう一度やってもらうか？　だけど、あのサイズの精霊魔法石をどうやって手に入れるんだ。いや、本気で手に入れるんなら南葉島の『魔錠の迷宮』に行けばいい。時間はかかるかもしれないけど、入手はできる……）

　ふとそこで、別の考えにふける。

（そもそも僕は、日本に帰りたいんだろうか）

　モンスターなんていない日本。夜中までお店がやっていてなんでも手に入る日本。仕事も豊富にあって食料品も安く、餓えて死ぬなんてことはほとんどない日本。なにより、人の命が大切に扱われ、戦争を身近に感じることなんてない——日本。

（……でも、こちらの世界には人智の及ばないものが数多くある）

　人跡未踏の秘境、魔法の数々、その生態も知られていないモンスター、人間とは異なる種族の亜人、ダンジョンの財宝……それはかつて地球にもあった「冒険」であり「ロマン」であり「ファンタジー」だ。

　日本からこちらの世界に来る手段は開発されていない。向こうに帰るということは、安全と引き替えに、これら「夢のような世界」を失うことになる。

（……でも、ラヴィアの安全を考えるなら向こうのほうがいい）

「隠密（おんみつ）」能力によって物理的な危険は避けることができるようになったし、多少のケガならばポーラの回復魔法でなんとでもなる。だけれど、病原菌や未知の病気に冒されたら救えない。回復魔法にも限界がある。

（……でも、日本にいて交通事故で即死すれば……）

でも、でも、でも、と考えればキリがない。ふー、と息を吐いて少し冷めたコーヒーを口に運んだときだ。

「あっ」

という声が聞こえた。

テラス席に面した通りにいたのは、ヒカルと同じ黒髪の少女――ランクB冒険者パーティー「東方四星（とうほうしせい）」のセリカだ。

この世界では黒髪は珍しく、だからこそ接触を避けてきた相手だとも言える。ヒカルの黒髪、それに「ヒカル」という名前を知れば、向こうは俄然（がぜん）興味を持つだろうからだ。これまでヒカルは指名手配されていたラヴィアを匿（かくま）っていたので、興味を持たれるのは困ることだった。

彼女との接点はほとんどなかった。「白銀の貌（シルバーフェイス）」としては接触もあったが、フードをかぶっていたので髪の色まではわかっていないだろう。唯一、ポーラの故郷であるメンエルカがモンスターによって襲撃されたときにちょっと顔を合わせたくらいだ。

『アンタ、メンエルカに向かう途中に会ったでしょ？　ポーラちゃんだっけ、あの子の知り合いの』

……ヒカルは驚いた。それはセリカがヒカルのことを覚えていたからではなく、セリカが日本語で話しかけてきたことだった。

『ええ。やっぱりあなたも日本人なんですね』

『そうなの!!』

他の「東方四星」のメンバーはおらず、ひとりで行動中だったらしいセリカは、ヒカルのところへやってくると、彼の都合も聞かずに向かいのイスに座った。

高価そうな白のローブには朱色の布が組み合わされている。ヒカルの「魔力感知」スキルによると、このローブは複雑な魔力をまとっていることがわかる。このような魔力を持った——魔術の施された装備品は目を剝(む)くほど高価(たか)いのだが、「東方四星」はかなり稼いでいるのだろう。

セリカは黒の長髪をツインテールにしており、勝ち気そうな瞳をヒカルに向けているが、今はそこに同郷の仲間を見つけたという安堵(あんど)が滲(にじ)んでいる。

『ちょい待って。今「あなたも」って言った!?　アタシのこと知ってたわけ!?　どうしてもっと早くに連絡くれないのよ！　同じ日本人だったら絶対連絡来るだろうと思って、名前も公表してるのに……』

『そうだったんですか。でも、有名人に一方的に連絡をしてもいいものか迷っていまして。それに僕はこちらに来て、まだそんなに経(た)ってないんですよ』

『そうなの？　アンタ名前は？　アタシはセリカ……ってことは知ってるわよね？　フルネームは田之上芹華(たのうえせりか)。名前は……ヒカル？　ふーん、確かにヒカルって感じの顔してるわね』

どんな顔だよ。

『それでアンタどこの出身？　ていうか年代とか同じなのかな。ねえ、どう思う？』

セリカが怒濤(どとう)の勢いで話しかけてくる。ヒカルは目を瞬かせながらも彼女の話を聞いている。セリカは同じ日本人との会話に餓えていたのかもしれない。ヒカルよりもずっとホームシックに近い状態にあるのだ。

『え……アンタがいたのってウチの隣町よ』

ヒカルが出身地を答えると、セリカはぽかんとした。

そこそこ便利だけど特に優れたものがあるわけでもなく、電車が通っているけれど車を使う人も多い。そんな日本中どこにでもあるような町が、ヒカルの生まれ育った場所だ。

『だってアタシんちって――』

セリカの言った彼女の出身地は、電車で一駅隣の町であることは間違いなかった。

『…………』

『…………』

ふたりは沈黙して見つめ合う。そして、

『アンタ、こっちに来たのっていつ？』

『あなたはどうやってこっちの世界に来たんですか』

ふたり同時に質問をぶつけ合う。

ヒカルは正直に、死後、こちらの世界の肉体に魂が移ったことを話した。目が覚めた場所は衛星都市ポーンド。もちろん、ローランドという少年の存在や、彼のために果たした代理殺人なんて事情は伏せておいたが。

一方のセリカはヒカルよりも1年ほど早くこちらの世界にやってきていた。彼女は学校帰りの遅い時間、国道沿いを歩いていた。そのとき居眠り運転していたタンクローリーが彼女のほうに突っ込んできて――間一髪、かわしたらしい。だがそのタンクローリーが突っ込んだ先は森林公園。タンクには多量のガソリンが積まれており、事故の衝撃で漏れ出したガソリンに引火して大爆発を起こし――セリカは死んだと思ったが、気がつけばこの世界の森にいた。

『いやー、あははは。不運もここに極まれりって思ったわよ』

『ほんとうにそのとおりですね。タンクローリーは、事故を起こしても積載しているガソリンやガスが漏れないようにきちんと管理されてるはずですから、居眠り運転に整備不良と、不幸がふたつ重なったんですね』

『整備不良なんて断定するのね』

『そりゃ、ニュースになりましたから』

『え!?　そうなの!?』

ヒカルはセリカの話を聞いていて思い出した。

確かにヒカルがこっちに来る1年ほど前に、隣町でタンクローリーによる大きな爆発事故が起きた。幸い運転手以外には死亡者はいなかったために、その後も引き続き報道されるようなニュースとはならなかったが。

タンクローリーは調査され、整備不良が見つかったはずだ。

『ええ？　アタシ、確実に死んでるんだけど』

『世界を渡ったから死んだわけではないですよ』

『あ、そっか。じゃあアタシってやっぱり行方不明扱い？』

『おそらくそういうことになっているんじゃないかと……。というか、こっちに服とかバッグとか持ち込めたんですか？』

セリカはうなずき、懐からガラス細工の人形を取り出した。青色で透き通っており、犬の形をしているが、耳や目を描いていたであろう塗料は剥げかかっている。

『これ……ストラップ、の一部よ。学校のバッグにつけてたんだけどね、アタシの幸運のお守り。ていうかウチで飼ってるワンコの竜太郎によく似てるから持ち歩いてるだけなんだけどね』

『……他のものは？』

セリカは首を横に振った。あれほど饒舌で前のめりの彼女が、多くを語りたがらない。

ヒカルは気づかれないように、彼女のソウルボードをそっと確認した。

【ソウルボード】セリカ＝タノウエ　年齢17／位階104／29

【生命力】

【自然回復力】4／【スタミナ】4／【免疫】―【魔法耐性】5（MAX）

・【疾病免疫】1・【毒素免疫】3

【魔力】

【魔力量】19／【精霊適性】―【火】5・【風】5・【土】5・【水】5

―【精霊の愛】3・【魔力の理】0／【魔法創造】2

【器用さ】

【道具習熟】―【薬器】3

相変わらずのすさまじいソウルボードだ。3桁の「魂の位階」なんて、他に見たことがない。よくよく見てみると「毒素免疫」なんてものがある。彼女が転移したのはこの世界の「森」――森には魔物が棲んでいる。

（相当なサバイバルがあったんだ……）

制服を着て、学校のカバンも持っていたはずだ。なのに、たった一つストラップのごく一部しか手元に残せなかったような過酷な生活を、森で送ったのだろう。

『この子だけが……アタシと元の世界をつないでいる唯一のものなの。だから、アンタに会えてホッとしたわよ』

うれしそうにそう言うセリカを見て、ヒカルの脳裏をよぎったのはわずかな罪悪感だった。ヒカルは、セリカを避けてきた。こんなに喜んでくれるとわかっていたら、

『もっと早く連絡すればよかったですね……』

『あ、いーのいーの。別にさ、こっちの世界じゃなかなか連絡なんて取れないし。同じ日本人がいるってわかっただけでもめっけもんでしょ。それにアンタなんて、日本で死んだあとにこっちに来てるんでしょ？　アタシもひどい生活だったけど、アンタもたいがいよねえ』

『今、セリカさんの話を聞いていてわかったことが二つあります』

『え？　急に……なに？』

『一つは、こちらの世界の時間軸と、元の世界の時間軸とにほとんどズレがないことです』

セリカの事故後、彼女がこちらで過ごした時間。ヒカルの記憶にあるタンクローリーの事故を考えてみても、その期間はおそらく一致している。ズレていたとしてもわずかだろう。

『もう一つは――』

『待って。言う必要はないわ……アタシにもわかったもの。つまり、こういうことね』

セリカは自信満々に言った。

『カギはトラックよ！』

ヒカルは再び目を瞬かせた。

『……は？』

『バカねー、アンタ、頭良さそうな顔してるのにこんな簡単なこともわからないの？　アタシとアンタに共通しているのはトラック事故よ！』

これは間違いを指摘したほうがいいのだろうか、とヒカルは真剣に悩んだ。

ヒカルの死の原因とその後の魂の転移はなんの関係もなく、またセリカはタンクローリーにぶつかって死んだわけでもない。爆発事故に巻き込まれ、その弾みで転移したのだ。

（それはそれでひとつの……日本からこっちの世界へ渡れるという証拠ではあるんだけど。あまりにも再現性がなさすぎるんだよな）

実験のために大量のガソリンを爆発させるなんて、できっこない。

『えーと、セリカさん。話を進めますけど、僕が言いたいのは世界を渡る際、転移する先の座標です』

『……座標？』

『僕とあなたが隣町に住んでいたことと、同じポーンソニア王国にやってきたこととが無関係だとは思えません。大陸はこんなに広いのに同じ国、しかも王都からさほど離れていないところにふたりともやってきたんです』

だが、とも思う。「座標」とはいったいなんなのか？　地球は自転しているし、太陽の周りをぐるぐる回っているではないか。

こちらの世界の惑星がどういった動きをしているかわからないので、惑星の座標を確認することはできないが。

『ふうむ……』

セリカは腕組みをしてなにか考えているような顔をしたが、ハッとして言った。

『そうだわ！』

『なにか思いつきましたか？』

『――アタシ、ソリューズに呼ばれてるんだったわ！　もう遅刻よ』

『あ……はい』

そっちかよ、と思わず半目になるヒカルである。

『また話しましょ。こうして日本語を使えるだけでもうれしいもの。もう二度と話すこともないのかなって思ってたくらいだし』

いそいそと立ち上がりながらセリカが言い、去ろうとするその背中に、ヒカルはたずねた。

『あの……もしもの話ですけど、日本に帰れる手段があったらあなたはどうしますか？　こちらにはもう二度と来られないとして』

ヒカルの脳裏にあったのは「世界を渡る術」だ。

走り出そうとしたセリカはピタリと立ち止まったが、顔をこちらに向けることすらしなかった。

『……そんなありもしない「もしも」なんて、聞きたくないわ』

冷たい声だ、とヒカルは思った。

第22章　暗躍する毒と薬

　ポーンソニア王国女王、クジャストリアは頭を抱えていた。彼女の目の前には巨大な地図が広げられており、軍隊の規模に合わせたサイズの駒が置かれていた。

「聖ビオス教導国が先に軍を動かし、中央連合アインビストに対して攻撃を行ったというのは間違いのないことなのですね？」

　地図には、大陸中央に広がる荒野と、その中央に位置しているアインビスト最大の都市ホープシュタットが記されている。

　山脈や大河といった天然の要塞はなく、ビオス軍は荒野を突き進んでホープシュタットに迫っているようだ。両軍はホープシュタット郊外に展開している。

　この情報が入ってきたことで、王国内の各地方を回る予定だったクジャストリアは、王都へとんぼ返りすることになった。オレンジ色の長い髪はきれいに整えられているものの、長旅と心労で、彼女の表情には疲労の色が濃い。

「昨日入手した情報では、アインビストとビオスは秘密裏になんらかの交渉をしていたようです。それを、ビオスが一方的に踏みにじり、交渉団を襲撃したとか……」

苦虫をかみつぶしたような顔で言うのは、三大公爵のうちの一人であるナイトブレイズ公爵だ。クジャストリアが女王に就任するのはあくまでも「建前」であり、政治は三大公爵と主要な貴族が行うという話が、まとまっている。

残りの公爵であるジャックルーンは、騎士団長ローレンスとともに王都周辺の軍を再編しており、不在。アインビスト、ビオスの両国と国境を接しているポーンソニアとしては、火の粉が飛んできた場合を想定して動かねばならないので、それは重要な任務だ。

もうひとりの公爵ゴルビショップは、戦争なんてまったく興味のない男なので、領地に引きこもっている。「お飾り」のはずのクジャストリアがこんなにくたびれるまで働いているのに、政治の重責を担うと言っていたはずのゴルビショップ公爵が引きこもっていることに、彼女は言いようのない怒りを覚えたが内部で揉めている場合ではない。彼のことを考えてもイライラするだけなので、とりあえずクジャストリアはゴルビショップをいないものとして考えている。

頼りとしているグルッグシュルト辺境伯は、仇敵である隣国クインブランド皇国の動きを探るために自領へと戻っていた。

そのため、今回の戦争にどう対応すべきかを論じるのは、実質、クジャストリアとナイトブレイズ公爵のふたりということになる。もちろん優秀な官吏たちが施策を練ってはくれるのだが、最終的に決断するのは自分だという自覚がクジャストリアにはあった。

（騙されました……！）

と思わざるを得ない。お飾りの王でいいだの、重要なことはみんな他の者がやるだの、いろいろと言われたが、もちろん鵜呑みにはしていなかった。それでも、これほどの重責を負わされるとは思っていなかった。

ナイトブレイズ公爵に不満があるわけではない。彼は、死に瀕していた息子が快癒してからというもの、精力的に王国の政務をこなしてくれている。だが、ひとりでは限界があるのだ。

（それでも、余計なことを主張する貴族が減っているのは喜ぶべきでしょうか……）

クジャストリアの父である前王が死んだとき、彼女の兄であるオーストリン王太子もまた死んだ。彼らにくっついていた悪徳貴族を一網打尽にしたおかげで、政策の決定や実行は非常にスムーズだ。就任してからまだ間もないので国民はまだまだその価値をわかっていないだろうが、これから王国はぐっとよくなるだろうという手応えはある。

その矢先に隣国同士が戦争を始めた。

「……わたくしたちは、この戦争に関与しません。いえ、できませんわ。まだまだ国内の騒乱が収まっていませんもの」

法を犯してでも自分の利益を追いかけていた貴族たちを一掃したのはよかったが、そのせいで要らぬ混乱が起きているのも事実。クジャストリアは今、クインブランド皇国と国交を回復し、国内を安定させる方向で動いているのだ。正直に言えば、アインビストとビオスの戦争など「勝手にやっていろ」というところである。

「しかしですな、女王陛下。ビオスは協力を要請してきますぞ」

聖ビオス教導国は各国に設置されている「教会」や「神殿」の総元締めである。この世界には「神」がいる。「神」はソウルカードやギルドカードを通じて人々に「加護」を与えるのだ。その存在を疑う者はいない。

ビオスはこのカード類の技術を独占しているのだ。

ちなみに「教会」は聖人たちの教えを伝え、人々の生活に安寧を与えるためのもので、各地方や村々に存在している。「教会」で修行を積むと「回復魔法」を使えるようになることから「治療院」も「教会」の傘下となっている。

「神殿」はもっと直接的に神様を祀っているものだが、ここで祈っても「加護」が得られるものでもないので、「神殿」はそこそこ住民の多い街にしか存在しない。

「こちらの事情を説明するしかないでしょうね……」

「戦争のための資金を無心されたらどうします？」

「いくらか支払うことは許容しますが……法外な額にはなりませんよね？」

「多くても1億ギランといったところではないですかな。しかし我が王国の状況を考えると、王国ギランではなく金塊で渡したほうがよいかもしれません」

「今、王国から金を流出させるのは望ましくありませんが……」

政情が不安定だったポーンソニア王国は、国内通貨「ギラン」の価値が下がっており、外国と交易する商人には「ギラン」は敬遠されがちである。金の価値は変わらないが、金が流出しすぎるとさらに「ギラン」の価値が下がる。王国が確保している金塊の量が、王国ギランの価値を保証しているという側面があるのだ。

「背に腹は替えられません。一時をしのぎましょう。長くても数年で女王陛下の治世が効果を発揮し、王国の経済は立ち直ります。そうなれば金などいくらでも集まりましょう」

「……必要経費、ということでしょうか」

「はっ」

「それにしても、事の発端であるアインビストとビオスの『交渉』とはいったいなんなのでしょうか？　交渉団がビオスになにを持ちかけたのか、誰か知りませんか？」

そこにいる誰もが首を横に振った。

クジャストリアのため息は深いが、彼女にかけられるような慰めの言葉は、ここにいる誰も持っていなかった。

会議が終わって私室に戻ったクジャストリアは、ひとり、ベッドにぼふりと身を投げ出した。ひとりになると「あー」だの「うー」だの言うのが彼女の癖だったが、この部屋を前触れもなく訪れる来客もあるので、最近は慎んでいる。とはいえ、その客——シルバーフェイスは最近来てくれないのだが。

「あの夜以来……。あの方はいらっしゃらない」

半月ほど前になろうか。この部屋で「世界を渡る術」の実験を行った。あのときは興奮してクジャストリアは気づかなかったが、後になって思い返してみると、シルバーフェイスの様子がいつもと少々違った。

「ローランドさんの悲願である『世界を渡る術』が成功したというのに、シルバーフェイスは喜んでいなかった……いえ、どちらかといえば困惑していたような……」

空間に走った亀裂と、その向こうに見えた見知らぬ世界。胸が躍った。

もう一度——今度はより魔力出力の高い精霊魔法石で「世界を渡る術」を実行したいと思い、すぐにまた魔術式を書き上げた。

改良できるところも思いついて、その術式も施してある。しかし肝心のシルバーフェイスからは、なしのつぶてだ。

「ほんとうに世界を渡れるのか……シルバーフェイスにとって、次にこの術を行うときは実際に向こうに渡る、ということなのでしょうか」

亀裂を開くことができたのだから、当然次はそうなるだろう。

ただ渡った場合、戻ってこられるという保証はない。

「……あの方も迷ったりするのでしょうか。わたくしは、迷ってばかりだというのに……」

ぽつりとつぶやいたクジャストリアは目を閉じ、つかの間、休息した。


その翌日、クジャストリアが考えていた以上に事態は早く動いた。

事前になんの連絡もなくクジャストリア女王との面会を求めてきたのは、聖ビオス教導国の大司祭だ。

教会内部のヒエラルキーでは、まず信徒であり求道者でもある「修道士」たちがいて、彼らをまとめる「助祭」がいて、その上に「司祭」がいた。ただしビオス国内の「司祭」ともなれば、数千人からの人間を管轄する立場となるが、各国にいる「司祭」はせいぜい100人程度の面倒を見ているだけなので、その違いを注意する必要がある。

さらにその上である「大司祭」は、ビオスの指導者である「教皇」と直接話ができる立場で、ビオス国内にも十数人しかいないはずだ。当然、クジャストリアに持ちかける話も相応に重いものとなるだろう。

「クジャストリア女王陛下、ご足労いただきまして恐縮でございます」

「いえ、よろしいのです、ナイトブレイズ公」

外交面の仕事はナイトブレイズ公爵の担当であるものの、大司祭が「女王でなければ話をしない」とゴネているらしい。そんなワガママを許すほどクジャストリアもヒマではな

いのだが、ビオスを無下にできない事情もあり、さらにはアインビストとの戦争について
なにか情報を得られるかもしれないとも考えて、面会することにした。
だが、
「ああ、あなたが今回女王になった方か。……ふうむ」
大司祭は、謁見の間にクジャストリアが入っていってもイスから立ち上がって礼を尽く
すどころか、彼女をじろじろと見る始末だった。あまりの無礼にナイトブレイズ公爵だけ
でなく、部屋にいた騎士たちも顔色を変えたが、
「よい」
とクジャストリアは小声で制した。ここで無礼だのなんだの言っても始まらない。
大司祭は、緋色の布地にふんだんに金糸で刺繍をあしらった法衣を着ていた。修道服と
はまったく異なり、儀式を行う服とも違う。見せびらかすための「こけおどし」の服と言
ってもいいかもしれない。頭にのせた帽子にも多くの宝石が埋め込まれている。まるで歩
く悪趣味だ、と思うと、クジャストリアは聖ビオス教導国の将来に不安を覚えた。こんな
のが国の中枢にいるのだ。
歩くのも億劫そうなほど太った大司祭はイスに座ったままであり、クジャストリアはそ
の向かいに腰を下ろした。
長々とした挨拶をお付きの司祭らしき者が告げると、大司祭はおもむろに切り出した。

「先代王にはたっぷりと『祝福』を授けましたからな、代替わりもしたことだし、ここらでいくらか返してもらい、さらに協力もしてもらおうと、はるばるやって来たというわけです。『祝福』のおかげで王都はだいぶ発展しているようじゃありませんか」

「――――」

唖然(あぜん)として、言葉も出なかった。

「祝福」などという、存在するかどうかもわからないものを持ち出して、それを「授けた」と言う。「加護」ならば神が確かに人々に与えるものだが、「祝福」なんてものは気持ちの問題だとクジャストリアは思っている。しかも「祝福」を受けたとされる先代王はすでに死人に口なしだから確認しようもなく、さらにはそれを「返せ」などと。

これが神に仕える者の言葉なのだろうか。

「いかがですかな。金でも人でもどちらでもよかろうとは思いますがな」

当然王国は応じるもので、あとは協力の量がどうなのか、という態度である。

そもそも、ビオスとアインビストとの間でなにがどうなっているのかという説明もなく、なんのための協力を欲しているかもわからない。

クジャストリアが言葉を失っていると、ナイトブレイズ公爵がこほんと咳払(せきばら)いをした。

「……大司祭殿、まず、貴国とアインビストとの間になにがあったのかを説明なさるべきではありませんかな。でなければ、我々としてもどのような援助を行うべきか判断しかねるのですが」

するとと大司祭は、顔を赤くして公爵をにらみつける。

「あんな畜生の集まりとなにかあったなどと言われるか！　実に心外だ！　あなたは何者ですか⁉　――ああ、そう、ナイトブレイズ公爵……ふうん、なるほどねえ」

付き人の司祭に耳打ちされた大司祭は、

「アンタんとこの息子さん、教会の力を借りて病気が治ったんだろう？　今の無礼な言葉はないんじゃないか？」

突然、粗暴な口調で言い放った。

確かに、ナイトブレイズ公爵の息子であるガレイクラーダは、教会の力――信徒である「東方四星」のシュフィ＝ブルームフィールドが手を尽くして治療したという体裁を取っている。だがあれは「東方四星」に治療を依頼した結果のことである。さらに、裏で尽力したシルバーフェイスという存在もあるのだが、当然この男は知らないのだろう。

だからこうも厚顔無恥に「治してやった」という態度を取れるのである。

唖然(あぜん)としているナイトブレイズ公爵を「恐れ入った」ためと曲解した大司祭は、

「そうだ。この際、ポーンソニア王国への祝福の返礼と、ナイトブレイズ公爵の息子を助けてやった返礼とをまとめてもらっていこうか」

「あ、いや。それは――」

　ナイトブレイズ公爵が言葉を返そうとするのを無視し、

「ときにクジャストリア女王、王配を取る気はありませんかな？　おお、そうそう。ちょうど私の知り合いに年頃のいい男がおりましてな、これを紹介しましょうか」

　王配とは、女王の配偶者のことだ。

　頭痛がする、とクジャストリアは心の中でつぶやいた。これは外交でもなんでもない。ただの頭のおかしな男を相手にした茶番だ。

「……大司祭殿。この場でそのようなことを話すべきではない」

「いやなに、礼には及びません。これで我が聖ビオス教導国と、王国の結びつきが深まればいいことずくめですからな。教会のありがたい教えの普及はもとより、亜人の一掃にも寄与しましょう」

「大司祭殿」

　辛抱強くクジャストリアは繰り返した。

「どうも、突然の提案が多く、余は困惑しておる。長旅でお疲れであろうし、今日のところは一度お休みくだされ。歓待の準備をしておる」

「ほう――歓待ですか。なるほど、なるほど。そこまで仰せになるのであれば、受けねばなりますまいなあ」

　舌なめずりして大司祭は謁見の間を出ていった――。

◇

「——ということなのですわ」

語り終えたシュフィ＝ブルームフィールドは、疲れたようにため息をついた。灰色の豊かな髪を左側でまとめて前に流している彼女は、ポーラと同じように修道服を着ているのだが、デザインが少し違うし、サイズは一回り大きい——特に胸のところが。

信心が深くなると包容力が向上し、より「慈愛の聖母」への道を進むことになるのだろうかと、ポーラの胸の大きさと比べてヒカルがバカなことを考えてしまうほどだ。

ヒカルたちがいるのは、広い王都でも端にある小さな教会だ。屋根は雨漏りし、礼拝堂にはうっすらとホコリが積もっているようなところである。

貧民街にあるこの教会を訪れる者は少なく、シュフィがたまにやってきて掃除しているらしい。ポーラはそれを聞いてシュフィの手伝いをしていた。今日は偶然ヒカルとラディアが顔を出したところ、シュフィとも顔を合わせた。

シュフィが話したのは、聖ビオス教導国がポーンソニア王国に要求した内容だ。なぜそんなことを冒険者であるシュフィが知っているのかといえば、ナイトブレイズ公爵のひとり息子であるガレイクラーダから聞いたらしい。彼を治療した関係でふたりは恋仲となり、その後も継続して治療を頼まれているのでいまだに接点があるのだ。

　まさかシュフィもガレイクラーダも、あの治療が国と国の外交の場で使われるなんて思ってもいなかった。

「あの……そんなのが大司祭で、教会は大丈夫なのですか？」

　とラヴィアが聞いた。

　すでに「東方四星」のシュフィとサーラには、ヒカルたちの正体は知られている。そのせいでポーラが自殺しかけたという経緯もあるから、シュフィもサーラも秘密を守ってくれているようだ。

「はぁ……まったく大丈夫ではありませんわ。尊敬してやまないすばらしい方々ももちろんいらっしゃるのですが、やはり、こう、教会もひとつの大きな組織ですから、世渡りの上手な方もいるようで……」

　教会の敬虔な信徒でもあるシュフィにとって、教会の腐敗は許せないものなのだろう。苦々しい顔だ。

「ほんとうにビオスとアインビストは武力衝突をしたの？」

　ヒカルが気になったのはそこだ。アインビストにはジルアーテがいる。身体に鱗をまとった竜人族として虐げられ、その後、呪いが解けて人間へと戻った彼女。先日はダンジョン「魔錠の迷宮」がある「南葉島」で再会した。

方や「国」とも認められず独自の自治を行っているアインビスト、方や大陸各地に影響力を持っているビオス。その国力の差は圧倒的だが、簡単にやられるアインビストではない――そう、信じたい。

「聖ビオス教導国から数千人もの軍が出陣し、テンプル騎士団も動員されたと聞いていますわ」

「そんなに⁉」

「ですが、なにがきっかけでこのような事態になったのかは知りません」

「………………」

ヒカルが思い出すのは、南葉島で戦ったテンプル騎士団だ。あれは100人規模の一隊ではあったが、兵士ではなく騎士たちだ。地位のある騎士を100人生け捕りにしたのは、結構なインパクトがあるだろう。

その捕虜を、ヒカルはアインビストの盟主であるゲルハルトに託した。ゲルハルトはビオスに捕われ、奴隷として扱われている獣人たちの解放のため、交渉材料に使うつもりのようだった。

(あれがきっかけになったんだろうか……。ほぼ間違いなく、そうだよな)

余計なことをした、とか、あのとき自分が手を貸さなければ、などとは思わない。ヒカルが手を出さなければジルアーテはなんらかの形で犠牲になっていただろうし、南葉島の人々も無事ではなかっただろう。

だけれど、南葉島でのことがきっかけで戦争になったのなら、心が穏やかではないのも事実だ。

「……ヒカル」

「ヒカル様」

気遣わしげに、左右からラヴィアとポーラがヒカルを見る。深刻な顔をしていたらしいヒカルは、気づいて無理に笑ってみせた。

「ごめんごめん、ちょっと考え込んじゃった。——それで、シュフィさん。クジャストリア女王陛下はどう対応されたのでしょうか」

「それが……翌日にはまた違うことが起きましたの」

「違うこと？」

「はい。隣国であるクインブランド皇国のことはご存じですか？」

「この国の先代国王が何度か侵攻した国ですよね。それくらいしか知りませんが」

「クジャストリア女王陛下が即位されたときに、皇国にも使いを出しているのです。これまでの戦いを忘れて、よい隣国として発展していきたいと」

「……それってそんなに簡単に上手くいくものなんですか？　こちらから一方的に攻めていたんですよね？」

「返答は、かなり素っ気ないものだったようですよ。ですが返答があっただけでも驚きだった……とナイトブレイズ公爵はおっしゃっていました。あまりに厚かましい申し出ではありますから、使者が殺されてもおかしくはなかったでしょう。ですが向こうにもなにか考えがあったのか、女王陛下即位後の混乱に乗じて攻め込んでくるといったようなことは、ないようです」

「ふむ……それで、その国が今回のことにどう関係してくるのですか？」

「はい。大司祭様が女王陛下と会われた翌日に、皇国から同盟を申し込んできたのです」

「……え？」

ヒカルは耳を疑った。今の話のどこに「同盟」要素があったのだろうか。使者を殺すとかそんな話だったのに。

クインブランド皇国の使者は、半分白髪になった髪を後ろへとなでつけた紳士的な貴族だった。官吏ではなく貴族自らが使者に立つというのは珍しく、特に国交がない国へやってくるのは異例中の異例だ。

「同盟の申し入れはうれしいが、急な話だな」

威厳を保つために精一杯背筋を伸ばし、クジャストリアが言うと、使者としてやってきた皇国の伯爵は真剣な面持ちでうなずいた。

眉間のしわといい、厳しい表情といい、昨日のたるんだ大司祭とは大違いである。

「カグライ皇帝陛下は対等なる立場での同盟関係をお望みです。これまでの戦争に関する補償はすべてナシとし、現在占領中の前線をベースにして国境を策定します」

「それは……」

あまりに王国にとって都合がよすぎる話で、クジャストリアは目を瞬かせた。

戦争をふっかけたのは明らかに我が国で、反撃の形で皇国が進軍することもあったが、それは当然の行動だ。国王交代で混乱している今、譲歩するのはどう考えてもポーンソニア王国だ。いくらグルッグシュルト辺境伯が皇国との国境を守っているとはいっても、皇国が本気を出せば都市の二つや三つは落とされるだろうし、クジャストリアとしてもそれは覚悟していた。それだけ怒らせるようなことをしてきた、という自覚もある。

クジャストリアたちの困惑を間違えて受け取ったのか、伯爵は、

「……国境に関してはこちらも少々譲りましょう。キノワラ山脈——王国ではポリエルカ山脈と言ったほうがいいでしょうかな、そちらの山脈まで我が軍を引かせます」

さらに国境の策定でも譲歩するという。その場所は、街ひとつを食わせられるくらいの穀倉地帯だ。くれると言うなら喜んで受け取りたいところだが、クインブランドの態度の

軟化——岩が泥になったほどの軟化具合が気になる。

「閣下、そのような条件面は後でもよろしかろう。本音を語ってくださらぬか」

外交の場に「本音」など存在しないのだが、それでも皇国の真意はつかんでおきたい。

それがわからなければ同盟など絵に描いた餅だ。

「同盟の目的はただひとつでございます。王国内の教会について、ビオスから独立することを宣言いただきたい」

「なっ⁉」

教会は聖ビオス教導国から借りているという形を取っており、そのせいでビオスは大陸中に影響力を持っている。昨日の大司祭の無礼な振る舞いも、この影響力があるからだ——その大司祭は昨晩散々酒を飲まされて、今は高いびきだが。

本来は教会がなくとも神はいるのだし、住民の心のよりどころとするのなら、独自に教会を運営することもできる。

だが、どうしてもビオスを無下にできない理由が、各国にはあった。

「……閣下、カードのことはどうなさるおつもりか」

神殿が発行するソウルカード、各ギルドが発行するギルドカード——これらは人間に「加護」を与え、目に見えて能力を向上させる。そのため、このカードなくして生きていくことはこの世界では考えられない。

実のところ、このカードに関する技術はビオスが一手に握っているのである。しかも技術の中枢に関してはブラックボックス化されており、ビオスからカードを輸入しなければ、その機能を使えない。

これこそが、ビオスが各国に対して優越しているいちばんの理由だ。

「『加護』を得る手段である各種カードについて、我が皇国は同じ効力を持つカードを作製することに成功しました。教会もすでに知っていることです」

「なんと!?」

思わずクジャストリアは声を上げ、ナイトブレイズ公爵も目を見開いた。

「我らは貴国に対して、聖ビオス教導国と同等の価格でカードを販売することをお約束します。生産が安定すれば価格をもっと下げることも検討しましょう。こちらがサンプルです」

伯爵が差し出したのは、薄い金色を帯びたカードで、今までのものとは表示項目のデザインが異なっている。ビオスは頑なにカードに関する他国からの干渉を受け入れず、長年同じデザインのカードを製造していた。この違うデザインこそが、皇国によるまったく新しいカードの存在であることの証明といえた。

正直なところ、サンプルのカードを見せられてもなおクジャストリアは信じがたい思いでいっぱいだった。それほどまでにビオスの「加護」に関する技術は図抜けていたのだ。

かつてこのカードの技術を確立させた男は、「加護」に「智神」という1文字の神を出現させたという。名前の文字数が少なければ少ないほど強力な神であると言われる「加護」だが、後にも先にも1文字の神というのは記録にない。

それほどまでに突出した知性を持った人間にしかできない偉業が、このカードシステムなのだ。

「……これは、皇国にとってかつてない切り札だったのではないのか？」

驚きながらもクジャストリアはたずねる。

「だというのに、なぜここで使ってしまう？　いったい、皇国とビオスとの間になにがあったというのだ」

クジャストリアが問うたが、伯爵は瞑目してしばらく答えなかった。しかしやがて重々しく口を開くと、

「……我らが皇帝陛下を、ビオスの豚は侮辱したのであります」

侮辱、という言葉でクジャストリアは思い当たるところがあった。

ビオスは人間至上主義であり、亜人——獣人だけでなくエルフやドワーフなども含めて——を認めていない。

だがクインブランドの皇帝は、代々亜人種なのだ。珍しいマンノームという種族で、見た目は人間より背が低いくらいしか違わないのだが、寿命は人間の3倍と長い。

「こともあろうに、ヤツは、アインビストとの戦争でビオスに協力すれば、我らが陛下を『特別に認めてやってもいい』などと言ったのです。南方軍総監がその場でヤツを……大司祭を名乗る豚を斬り殺しましたが、できることなら我が手で引導を渡してやりたかったところです」

鬼気迫る伯爵の言葉に、クジャストリアは思わずつばを呑み込んだ。

クインブランドでは、家臣が皇帝に寄せる忠誠心が篤いと聞いていたが、これほどまでとは思わなかった。

「残念ながら我が皇国とビオスとは、国境を接しておりません。そのため、軍を進めることができません」

「そ、それほどお怒りであったか」

「当然のこと。我らが……いや、皇国民全員が敬愛する陛下を侮辱されたのです。あの豚の言葉がビオスの総意であるとするならば、血祭りに上げざるを得ませんな」

そのときのことを思い出したのか、ぎりぎりと歯を食いしばった伯爵は、最初のころの冷静さはすでに欠いていた。

「貴国は、我が王国だけでなく各国に同盟を申し込んでいるのであろうな」

「そのとおりです」

「なるほど……」

クジャストリアはナイトブレイズ公爵と視線を交わした。

クインブランドは、ビオスの影響力を削ぐために——皇帝をバカにされた報復として、ビオス最強の外交カードである「加護」システムをつぶすことにしたのだ。実際に刃を向け合った王国よりも、皇帝を直接侮辱されたほうが彼らを怒らせたのだと知り、クジャストリアは皇国を相手に外交するときには十分気をつけようと思うのだった。

そこまで話し終えると、シュフィは「ふぅ……」と悩ましげなため息をついた。

話を聞いたヒカルとしては、ますますビオスに対する不信感が増したのだが、シュフィ自身もまた同じように感じているのだろう。

「結局、王国はどうしたんですか？　クインブランドと同盟を結んだんですか？」

「それが、回答は保留したそうです」

「そうですか……賢明ですね、女王陛下は」

皇国がギルドカードの製造に成功しているとしても、どれほどの生産力を持っているのかは不明だ。王国だけでも年間数万枚は使われるのである。それが複数の国家で必要になるとすれば、慎重に判断せざるを得ないだろう。

さらには、カードについてビオスへの依存を脱却できたとしても、今度はその相手がクインブランドになるだけである。話を聞く限り、皇国も技術をすべてオープンにするわけではなさそうだ。

どんな決断を下すにしても、クジャストリアには胃が痛い日々となるだろう。ヒカルは彼女に同情した。

「シュフィ、いるかにゃ～～？」

そこへ、脳天気な声が聞こえてきた。「東方四星」で斥候（せっこう）を務めるサーラがやってきたのだ。

「ああ、迎えが来たようです。これで失礼しますね。ポーラさん、また会いましょう」

「はい！　シュフィさん！」

ポーラとシュフィのふたりは同じ教会の敬虔（けいけん）な信徒でもあり、今はわだかまりもないらしい。シュフィもポーラに自殺させかけたという負い目があるからか、非常に丁寧に接している。

「おふたりも、また」

「あ、はい――シュフィさんも、ガレイクラーダ様とどうぞ仲良く」

「………」

彼にかけられた呪い「煉獄の楔（パガトリー・ウエッジ）」の治療以降、ナイトブレイズ公爵家のガレイクラーダはシュフィにぞっこんで、今も定期的に「治療」にかこつけてシュフィを呼んでいる。シュフィはやれやれとばかりにため息をついた。

「……結構大変なんですよ？」

ポーラを追い詰めた罪滅ぼしとして、治療は全部シュフィがやったのだが、その結果、ガレイクラーダに惚れられたわけだ。彼の執着を思うとシュフィにも若干すまない気もするが、それはそれだと割り切っているヒカルである。

ちなみに、「東方四星」が受け取った治療の報酬1千万ギランを、先日ヒカルはもらっていたので、数年は働かずとも豪遊できる。

それはガレイクラーダにかけられた禁術『煉獄の楔』を解く方法を見つけたことへの謝礼なのだが、ヒカルが贅沢できる理由はこのお金にある。

「シュフィ、早く早く」

「あ、はい。……ってサーラさん、急いでますね。どうしました？」

「それがさ〜、なんかちょっとセリカの様子が……」

ふたりは話しながら去っていった。

ヒカルは耳に挟んだ「セリカ」という言葉が気になったが、

「——ヒカル、どうするの？」

ラヴィアがたずねてくる。

「どうする、って？」

「アインビストにはジルアーテさんがいる。戦争のきっかけは、たぶん、南葉島のこと」

「……やっぱり、そうだよね」

アインビストとビオスの衝突については気になるが、今自分ができることはなにもないとも思う。ヒカルは「隠密（おんみつ）」能力に特化しているのだ。戦争は畑違いだ。

それに戦争は起きるべくして起きたという気がしているし、ジルアーテがアインビストの「副盟主」という立場を受け入れているのならば、そこは彼女の戦場であって、自分のものではない。

「特になにかすることは……ないんじゃないかな」

「そうなの？」

ラヴィアもポーラも驚いたようだった。

「ただ、情報だけは集めるけど」

もしもアインビストがピンチだということになれば、ジルアーテだけでも助けなければならないとヒカルは考えていた。

それから数日は事態になんの進展もなかった。ヒカルは「世界を渡る術」をどうするか悩み、ラヴィアは図書館に通い、ポーラは教会の手伝いをしていた。

ちょくちょく冒険者ギルドに顔を出しては情報を仕入れていたが、戦争に関して聞こえてきたのは、アインビストと正面からぶつかったが、ビオスの軍が敗走したという情報だ。だがビオスに逃げ帰ったのではなく、退いた先で再軍備しているらしい。

(アインビストはやっぱり強いんだな)

盟主にして獅子の獣人であるゲルハルトが、とてつもないパワーファイターであることはヒカルも知っていたが、他の獣人たちも強い。「強さこそ正義」と考える者が多いので、人数的に不利だとしても彼らはそれを覆すだけの身体能力がある。

(意外と、すんなり戦争が終わったりして)

と、ヒカルは楽観したのだが、そう簡単にはいかなかった。

夕方、ヒカルは確保しているホテルの部屋へと戻ってきていた。ラヴィアとポーラの3人で過ごしても狭く感じないほど部屋数がある高級な部屋であり、快適な王都ステイを楽しめている。

「――ヒカル様！」

外から飛び込んできたポーラはひどく焦っていた。

「どうしたの」

「それが……原因不明の奇病が、蔓延し始めたのです」

「――奇病？」

予想もしなかった言葉に、ヒカルはぽかんとした。

「今日、私がお手伝いに行った治療院にやってきた患者さんなんですが、かなりの人数が同じ症状で苦しんでいると……。もし流行したら危険です」

ポーラは病状について説明した。

肌に、カビのような黒い斑点が現れる。食べても吐いてしまって、どんどん身体が弱っていくという。

ヒカルも聞いたことのない病気だし、治療院の誰も知らないらしい。

「それはいつから？」

「正確にいつからかは……。私が初めて行った治療院でしたので。でも何日か前から、少しずつそんな患者さんが来るようになったそうです」

「ポーラの回復魔法は試した？」

「はい。他の人がいない隙にこっそりと。ですがやっぱり、病気には回復魔法の効きが悪くて……それにちょっと気になることが。あ、でも気のせいかもしれないんですが」

「教えて。なにが気になるの」

「魔法をかけると、その、抵抗されるような感じがあって……」

「抵抗？」

「あ、やっぱり気のせいかもしれません。一度しかやってませんし」

「……いや、それは気になるな。僕も見に行こう」

ラヴィアはまだホテルに帰ってきていない。ヒカルは書き置きのメモをテーブルに残して、ポーラとともに外へと出た。

夕暮れの王都は、仕事帰りの通行人であふれかえっている。幸せそうな顔もあれば疲れ切った顔もあり、いつもの王都だ。

ここに伝染病が発生したら——ヒカルは地球で流行した伝染病を思い返す。たとえばペスト。何千万人という人間の命を奪った。インフルエンザであるスペイン風邪もそうだ。

こちらの世界は街の規模が小さいから、そこまでの規模にはならないだろうが、死者の数こそ少なくとも、街の一つや二つ、地図上から消えてもおかしくはない。

ポーラには自分が異世界からやってきたことを話している。だから彼女は、ヒカルになにか特別な知識があるかもと、期待をしているのだろう。

（一般的な知識しかないけれど、それでもないよりはマシだ。……それに実際にこの目で見てみないと、避難をするべきかどうかの判断もできない）

ペスト、スペイン風邪レベルの伝染病であれば一刻も早く王都を離れるべきだ。回復魔法という特別な治療法は、外傷や毒素にこそ効果があるものの、病原菌やウイルスには効果が薄い。

もしかしたら病気に使える回復魔法があるのかもしれないが、発見されていない。

「こちらです」

走って行くとじきに到着した。そこそこ大きな治療院で、多くの人が出入りしている。だが修道服を着た人が焦ったような表情で走り回っているのを見るに、なにか問題が起きていることは間違いない。

建物の中には待合室があるが、パッと見ただけでも、黒い斑点が現れた患者が何人もいた。患者はぐったりしていて、付き添いの人々も心配そうだ。

(咳をしている人は皆無だ。今すぐマスクをしなくちゃいけないわけでもなさそうだな)

そう考えていると、ポーラが囁く。

「……奥にベッドがあって、重篤な患者さんが寝かされています」

「そこへ行こう」

ポーラに導かれるまま中へと進む。修道士のひとりがポーラに気づいたが、小さく目礼をして通り過ぎた。ずいぶん彼女は信用されているらしい。

奥の一室に入ると、ベッドが4床置かれ、そのどれにも患者が寝かされていた。

「……ひどいな」

身体の半分ほどに黒い斑点が広がっており、全員がぐったりしている。逆に言うと症状はそれだけで、発熱や下痢などはないようだ。

「修道女様、どうか主人をお助けください……」

薄目を開けた壮年の男性が寝かされており、ベッドにすがりついているのは奥さんらしき女性だ。入ってきたポーラに気がついて、付き添いの人たちが駆け寄ってくる。

「お願いです、うちの子を」

「なんとかお助けいただけませんか。お金なら、できる限り払います」

「修道女様」

すがりついてくる彼らに、ポーラは毅然（きぜん）とした顔を向けた。

「全力を尽くします。皆さんは患者さんの手を握って励ましてあげてください。気力が潰（つい）えれば肉体も負けてしまいます」

ヒカルは思わず二度見してしまった。これがあのポーラだろうか。どこか抜けているような、ぽやっとしているポーラだろうか。

「——ヒカル様」

「あ、はい」

ポーラは最初に話しかけてきた女性の元へ行き、その夫に回復魔法の詠唱を始めた。

窓は開け放たれており、西日が差し込んでいた。伝染病ならば閉め切るのが当然だが、空気感染するようなものではないのかもしれない。

（……わからないな。僕は医者ではないし……ん？）

ヒカルは「生命探知」と「魔力探知」を展開して、ぐったりしている男性を確認する。

「生命探知」では弱々しい光しかなかったが、「魔力探知」におかしな反応があった。

黒の斑点に沿って、うっすら微細な魔力が展開しているのである。

ポーラが施したのは初歩的な回復魔法――外傷を治癒し、活力を与えるものだった。魔力が男に吸い込まれていくと、斑点に展開している微細な魔力がそれを吸い込んでいくのが見えた。

「……ポーラ、どうだ？」

「はい。やっぱり抵抗されるような手応えがありました」

魔法が発動した瞬間、男の顔に生気が戻ったのだが、すぐに失われた。

ヒカルはいくつかの可能性に思い当たる。

「――奥さん、でいらっしゃいますか？」

付き添いの女性に声を掛けると、彼女はうなずいた。

「いくつか試したいことがあります。失敗する可能性も高いのですが……」

「なんでもやってみてください。お金ならこちらに」

バッグから、貨幣の入った袋を取り出され、ヒカルは首を横に振った。

「治療院の正規の料金だけで結構です。――ポーラ」

「はいっ」

なんだか上機嫌にポーラがうなずく。ヒカルが金のためではなく、人々の治療のために行動してくれているのがうれしいのだろう。

「使える回復魔法について教えてくれ。それを順に試してみたい」

「わかりました」

それからヒカルたちは順々に回復魔法を試し、その都度ヒカルは黒い斑点の反応をメモしていく——のだが、

「おい、朗報だ！」

病室のドアが開き、修道士が入ってきた。

「教会がこの病気の特効薬を持っているらしい！　先着順で配るそうだぞ！」

「……は？」

ヒカルの頭には「？」がいくつも生まれた。なぜ治療院ではなく教会がこの病気について知っている？　特効薬まで用意している？　配れるほどの量があるのか？

ヒカルの考えとは裏腹に、病室内には歓声が上がった。

「ただ……」

修道士は申し訳なさそうに言う。

「薬一つあたり50万ギランの寄付をお願いしたいということだ」

「ごっ、50万ギラン……!?」

かなりの大金だ。職人が2、3年働いてようやく稼ぐ金額である。

「そんなの、すぐに払えないよ……」

「うちも。でも借りればなんとか……ちょっと聞いてくる！」

「あんた、待ってて。行ってくるから」

ヒカルにお金を渡そうとしていた女性は、気まずそうにぺこりと頭を下げると、そそくさと病室を出ていった。廊下の向こうでも混乱している様子だ。

ヒカルはどうにも腑に落ちなかったが、

「ポーラ、次の魔法を」

「え、えっと……」

「特効薬があっても、50万ギランを払えない人は多い。そうだろ？」

払えない人たちは病気のままだ。まだ死亡者は出ていないはずだが、患者の様子を見るに、遠からず命を落とす者は出るかもしれない。

それを治せるのなら――銀の仮面、シルバーフェイスとフラワーフェイスの出番だ。

「――はいっ！」

ヒカルの考えを察したのか、ポーラは元気よく返事をした。

一通りの確認が終わると、すっかり日は沈んでいた。治療院は閑散としており、待合室にも患者の姿はなかった。

念のため教会を見ておこうと思い、近くの教会へと向かったが、そこには誰もいなかった。「治療薬の配布は王都中央聖堂にて行われる」という張り紙があるだけだ。

「王都中央聖堂？」

「第1居住区にある、王都でもいちばん大きな教会です。行きますか？」

「うーん……ラヴィアを待たせちゃうけど、見ておきたいね」

さらに1時間ほどかかってしまうが、この騒動がどうなっているのか確認しておいたほうがいいだろう。

王都の第1居住区は、富裕層の住む場所だ。王都中央に王城があり、その周囲に貴族街が広がり、さらにその外側が第1居住区となる。

ヒカルたちが今までいた治療院は第2居住区で、一般的な王都住民が住む場所だ。各居住区間は城壁で分けられ、第2居住区の外——つまり郊外にも住民はいる。郊外の住民は税金を納める必要はないが、城壁や衛兵からは守られていない。

第2居住区から第1居住区へとつながる城門を通り抜けていくと、王都中央聖堂が見えてきた。見上げるほどに立派な何本もの柱が巨大な屋根を支えている、石作りの建物だ。両開きの鉄扉は閉じられており、教会を守る神殿兵が何人もいる。

聖堂前には群衆が殺到していた。

「薬を、薬をください！」

「おい、こっちはもう2時間も待ってんだぞ、横入りするんじゃねえ！」

「第1居住区の住民から先に配布してるってどういうことだ!?」

殺到している人々は100人といったところだろうか。少し離れたところでは通りがかった修道士にすがりつく男もいる。

「修道士様、どうにかならねえんですか……！　うちには50万ギランなんて大金、ありませんよ！」

「申し訳ありません。司祭様の決定なので、私にはどうにも……」

「金を払えねえうちの娘は死ねってことですか!?」

「……失礼します」

修道士は足早に去っていき、男はその場に膝を突いて泣きだした。

「ヒカル様……」

ポーラが気遣わしげに聞いてくる。それほどまでに今、ヒカルは厳しい顔をしていた。

(やはり50万ギランなんて金額、払えない人間が多い。病気が広まり始めてからまだ数日しか経ってないのに、これだけの人数が集まってる……混乱はもっと大きくなる)

ヒカルは手に持っていた紙切れを見る。先ほどポーラに様々な回復魔法を試してもらいつつ、黒い斑点の反応を確認したものだ。

(この病気は、魔法で治せる。だけどこの魔法を使える人間は、ポーラ以外にこの王都に

1人いるかどうか……）

すでにヒカルとポーラは、魔法による治療のめどをつけていた。ただ、病気が発生した原因を突き止めない限りは焼け石に水だ。もし「特効薬」の現物を見ればなにかヒントになるかもしれないと思っていた。

けれどもこの騒ぎでは、発生源を調べるどころではない。

「ポーラ。先に帰っててくれないか。僕はちょっと調べることがあるから」

「ヒカル様、それなら私も——」

ついていく、と言いかけたポーラを手で制止する。

「ラヴィアにこの状況を説明してほしいんだ。それにゆっくり休んでほしい……今夜から多くの人たちを治療してもらう必要があるから」

「！　わかりましたっ」

ヒカルの表情は決然としていた。きっと、貧しい人たちを救う決意をしたのだ——そう理解したポーラは、満面の笑みでうなずいた。

聖堂は巨大な建物で、礼拝堂の裏手には司祭や助祭たちの居住区画もあった。石造りの建物はどっしりとしており、調度品はそれに釣り合うような高価なものが多い。

中でも、王都の教会を統括している司祭の部屋は突出して金がかかっていた。床に敷かれた毛皮も希少なモンスターのものだし、テーブルや執務机、巨大な書棚に使われている木材も一枚板だ。ふんだんに灯(とも)された魔導ランプの明かりが、テーブルに積まれた王国金貨を照らしている。

「笑いが止まりませんな。さすがは教皇聖下のお考えです。たった数日でこれほどの金が集まりましたぞ」

この部屋の主である司祭がニヤニヤしていると、向かいに座っている太った男――ビオスからの使者としてやってきた大司祭はつまらなそうに答える。

「元はと言えば、クジャストリアとかいう小娘が教皇聖下への協力をさっさと受諾せぬからこんなことになっておるんだ。王国は代替わりし、グズばかりになったな」

「大司祭様、もしやクインブランド皇国の話がこの国に伝わっているのでは……？」

「さすがにそれはない。大体、王国と皇国は戦争しているのだろう？」

「ええ。しかし女王は皇国に対して協調路線をとると聞いています」

「ぬぬ……教皇聖下への協力について返答を引き延ばしているのはそのせいかッ！」

大司祭が分厚い手のひらでテーブルを叩(たた)くと、わずかに揺れて金貨の山が硬質な音を立てた。

クジャストリアは、クインブランド皇国から使者が来ていることを大司祭に伝えていない。皇国の提案を吟味しつつ、ビオスへの返答を引き延ばしているのである。

怒る大司祭を見てびくりとした司祭は、あわてて棚から上等な酒を取り出し、大司祭に勧めた。彼にとってビオスの大司祭は、雲の上の存在なのだ。

この部屋には来ていないが、大司祭が付き人として連れてきている司祭は「中央司祭」と俗に呼ばれ、他国の司祭は「地方司祭」と呼ばれる。両者の差は歴然としており、教会内のヒエラルキーでは圧倒的に「中央司祭」が上だ。大司祭はビオスにしかいないので、そのまた上である。

大司祭の機嫌を損ねれば自分の未来はここで途絶え、逆に気に入られればさらなる栄達もあり得るのだから、ご機嫌伺いにも精が出る。

「大司祭様のご判断は英断でございましたね。あの『呪蝕ノ秘毒』の使用は。女王のお膝元で流行病が出て、それを解決できるのが教会だけとなれば……いかに女王でも大司祭様のご提案にうなずかざるを得ません」

一息に酒を飲んで、大司祭は言う。

「ぐふっ。まあな。あの小娘が即答しなかった時点でこうなる可能性は見越していた」

「なんと！　さすがですな。ささ、もう一献」

もちろん大司祭はクインブランドのことなど想像の埒外だったので、実際にはクジャストリアからすぐに色よい返事を得られず、腹いせに毒をまいたにすぎない。

「すばらしい毒よ。病気のように見え、既存の薬は効かない。井戸に放り込むだけで効果があり、さらには伝染もする。これを作らせた教皇聖下の慧眼は空恐ろしいほどだ」

「はい。お話を聞くだけでもそのすごさが伝わって参ります。治療薬も用意されているので我らも安心しておれますし」

「『加護』の技術を確立したなどと言っている皇国にはさらに大量の毒がまかれ――いや、神罰が下ったことだろうなあ。ぐっふふふふ」

　いやらしい笑みを浮かべながら、大司祭は金貨を手に取った。

「さあて、賢い女王陛下はどう出るかな？　こちらにはまだまだ『神罰』の予備があるのだぞ」

　彼らは悪だくみをしつつ酒を飲み、それから女を侍らせる店へと出かけていった。

――書棚に隠れていた人影には気づかなかった。

　翌日、大司祭はクジャストリア女王からの申し出を受けた。

「貴国に対する支援については承った。詳細なる内容はまたご連絡するが、精一杯努力したく思う。その前に我が王都で、よからぬ流行病が発生し、その特効薬が教会にあるという。できる限りの量を融通してはくれぬか」

「そういうことでしたら協力いたしましょう」

　大司祭は大喜びで、王都の司祭に命じて在庫を吐き出させることにした。大司祭にとって特効薬はさほど価値のあるものではないのだ——なぜなら、彼らが毒をまかねば病気は発生しないのだから。

「くっくく……わははははは！　上手くいきすぎて空恐ろしいな！　これで次期教皇の座をめぐるレースは、私が一歩先んじたのではないか⁉」

話が決まれば長居はしたくないとばかりに、大司祭は特別仕立ての馬車に乗って王都を去っていく。ご機嫌の彼に、中央司祭は眉根を寄せてぼそりと、

「……あまりに早い女王の態度の変化、おかしいのでは？」

とつぶやいたのだが、それは大司祭の笑い声によってかき消されたのだった。

一方そのころ、謁見の間にはクジャストリアとナイトブレイズ公爵がいた。

「なるべく早くに次回の会合を持とうと提案はしましたが、なんらの公式文書も交わさずにご機嫌で帰っていくのだから、ビオスもとんだ人材不足ですね……」

「よほど、自分たちの『毒』とやらに自信があるのでしょう」

ナイトブレイズ公爵はクジャストリアに続けて言う。

「シルバーフェイス殿がいてくれてよかった。まさか、流行病が病気ではなく毒によるものだとは……」

昨晩遅く、クジャストリアの元を訪れたのは最近顔を出していなかったシルバーフェイスだった。クジャストリアにもちょうど流行病の初報が届けられたタイミングであり、黒

幕はビオスであるというシルバーフェイスのもたらした情報は、大いに役に立った。

「こんなに早く教会が特効薬の存在をちらつかせなければ、わたくしも騙（だま）されるところでした。彼には感謝しかありませんね」

「しかし、よろしいのですか。教会の特効薬の売値は50万ギランと聞いています。在庫を全部買うとなるとかなりの金額になります。しかも原因は連中が広めた毒ですぞ……」

公爵は怒り心頭に発するというふうに拳を握りしめている。

「問題はございませんわ、公爵。特効薬と引き替えに教会へ支払うお金は、聖ビオス教導国に対する『戦争支援金』と同等に扱いましょう」

「？　と、おっしゃいますと？」

「支援の金額を決定してから、それを特効薬の代金に上乗せして渡すと中央聖堂の司祭に伝えるのです。それほどの大金を彼がビオスへと運べば、自分の功績となるので喜ぶでしょう」

「なるほど！　まとめて渡すから安心して待っていろということですな！」

こくりとクジャストリアはうなずいた。

彼女たちの中で、中央聖堂の司祭はすでにビオス側の人間だという結論が出ていた。

「ビオスへの支援について、精一杯努力するとは言いましたが、いつ支援額を決めるという話はしていませんからね。最短でも一月、できれば三月以上は時間を稼ぎます」

「ははぁ……よくお考えになっている」

「ナイトブレイズ公爵」

にこりとしているクジャストリアに、

「————ッ！」

思わず、ナイトブレイズは背筋をただした。

彼女の瞳の奥に暗い炎が見えたのだ。

「これでもわたくし、怒っておりますの。無関係な王都の民を傷つけられ、このまま引き下がるわけにはいきませんわ」

「……は、ははっ」

これは、とんでもない少女を女王の座につけてしまったかもしれない——と、恐ろしさ半分、将来への期待半分、公爵は背中に冷や汗をかいた。

「あとは……シルバーフェイスが治療に成功できるかどうか……」

考えるように人差し指をあごに当てるクジャストリア。

「さすがにそれは難しいのではありませんか？　王城内の腕利きの回復魔法使いでも解毒できなかったのでしょう？」

シルバーフェイスから「あれは病気ではなく毒だ」と聞き、早朝から患者の元に回復魔法使いを送り込んで実験したが、解毒はうまくいかなかったのだ。シルバーフェイスは個人的にも解毒を試すと言っていたが、教会が――回復魔法使いを数多く擁する教会が、自信をもってばらまいている毒をそう簡単に治せるとは考えにくい。

「とはいえ、魔法による解毒ができなくともなんとかなりますな。陛下、これで特効薬が手に入ったのですから王都は安心でございます」

「…………」

「陛下？　いかがなされた」

「……できればシルバーフェイスには、魔法による解毒を成功させてほしいと思いますの。この特効薬は、とっておきたいですから」

「とっておく……？」

そこへ、係の人間がやってきてクインブランド皇国の伯爵が来訪したと告げた。

謁見の間に入ってきた伯爵は、数日前とは比べものにならないほど憔悴（しょうすい）していた。その様子を見て、ナイトブレイズ公爵は言葉を失うが、クジャストリアは予想済みだった。

「……閣下、皇国と連絡を取られたようであるな」

この世界には長距離通信の魔道具がいくつか存在している。外交の使者としてやってきた伯爵もまた当然、なんらかの手段で皇国と連絡をとったに違いない。

「はっ、そのとおりです。私が国を出たときにはなかった話で……『黒腐病（こくふびょう）』と呼ばれる病が流行（はや）りだしたというのです」

皇国は、ビオスからの使者である大司祭を殺してしまった。報復のために毒をまかれるだろうことは、想像に難くない。

「単刀直入に聞こう。伯爵、皇国の被害はいかほどだ」

「⁉」

伯爵は驚いたようにクジャストリアを凝視する。しばらくの沈黙は、クジャストリアの真意を探るかのようだった。

「――昨晩確認したところ、死者は千人を超え、現在も増え続けているようです」

そんなに、という言葉をクジャストリアは呑み込んだ。伯爵が血を吐くように苦しそうな顔でこう続けたからだ。

「……敬愛する皇帝陛下までも病気の初期症状が出ている、とのことです」

「‼」

憔悴の原因はこれか、とクジャストリアは察した。

「……我ら皇国がビオスの大司祭を殺した直後、病気の流行が始まりました。さらには教会には特効薬があるなどと言っています。間違いなくビオスの仕業でしょう……」

彼らからすれば、ヒト種族ではない皇帝カグライを侮蔑したビオスを許すことはできない。だがカグライが流行病に罹ってしまった以上、特効薬を使うしかない。たとえ特効薬を入手するのに教会に頭を下げなくてはならないのだとしても。

「閣下、ひとつ聞きたいが、教会はカグライ皇帝に薬を渡すつもりがあるのか？」

「……実は、教会は特効薬を持っているとは言いながらも在庫はない、と……。先に金を払えと言っているのです」

代金を聞くと、王都で販売されている金額の実に倍以上だ。

数人ならともかく、王都以上に流行が進んでいるクインブランドで、全員の治療を行うのにいったいいくらかかるのか？

もちろん皇帝を救えるのならば安い金額ではあるが、教会に「在庫がない」と言っているので、急いで持ってこさせなければ皇帝もまた手遅れになるかもしれない。

教会は、皇国の軍隊による強制徴収を恐れて在庫を置いていないのだろう。

「大司祭を殺したことや、ソウルカードの製造成功に対する報復でしょう」

教会とビオスが独占していたギルドカードやソウルカードに関する技術。これをクインブランドが製造可能になったことでビオスの優位性は大きく損なわれ――むしろ教会システム自体が崩壊してもおかしくないほどのインパクトをもたらした。

「クジャストリア陛下、我が皇国で起きたことは貴国の未来でもあります。ビオスの連中は、自分たちの要求が通らないことに我慢ならないのです。この国にもきっと……」

「病気が流行る、と？」

「さようです」

「その忠告はムダであったな。すでに王都で病気は流行っている――身体に黒い斑点が広がる奇病がな」

伯爵の目が見開かれる。

「では……！　ビオスは王国にも病気を広めたというのですか！　まさか賢明なるクジャストリア女王陛下は、このような恫喝外交に屈したりなさらないでしょうな!?」

前のめりになる伯爵に、焦りが見える。それも仕方のないことかもしれない。自分の知らないうちに国が脅威にさらされており、尊敬する皇帝までも病気に罹ったのだから。

だが、これは外交だ。クジャストリアがなすべきは、できうる限り王国にとって有利な条件で取引をすること。

「伯爵、言っておかねばならぬことがある。余は、聖ビオス教導国からの使者に対し、支援の約束をし、その支援金について検討する旨を通知した」

「なっ……!?」

「伯爵、皇国へ戻られよ」

「そっ、それは……！」

伯爵が目を剥いた。帰れということは、同盟の申し出を拒否するという意味だと理解したのだろう。

だが驚いた伯爵に、クジャストリアは小さく笑ってみせた。

「落ち着かれよ。ビオスには『支援と検討』を約束したが、『いつ行う』のかは言っていない。我らがまず手に入れなければならないのは奇病の治療薬だ。この王都の教会には特効薬があると聞いている。これを買い上げ、貴殿にもいくらか分けよう。それを持って皇国へ戻られよ。カグライ皇帝が危険なのであろう？」

「あ……」

ぽかん、と口を開けてから伯爵は、その場にうずくまるように頭を下げた。

「ありがとうございます。このご恩は必ずお返しいたします」

「構わぬ。王都内で必要な特効薬を確保でき次第、残りは皇国に送る」

「……！　重ね重ねのこの上ないご厚意、謝意を伝える言葉を知らぬ自分がもどかしいほどでございます」

「よい。先代王……我が父による度重なる侵攻について、貴国もそう簡単に忘れることはできぬであろう。この治療薬のやりとりで、少しはわだかまりが解消できればよい」

「……女王陛下のお言葉、確かにカグライ皇帝陛下に伝えます」

そうして何度も頭を下げながら伯爵は去っていった。

皇帝への侮蔑、それに「加護」に関する技術を巡り、クインブランド皇国と聖ビオス教導国は修復できないほどに関係が壊れてしまった。結果、皇国が「呪蝕ノ秘毒」の特効薬を手に入れることはほぼ不可能だろう。クジャストリアが特効薬を送ると申し出た意味は、あまりにも大きい。

「ふー……ちょっと疲れました」

クジャストリアはイスの背にもたれて息を吐いた。

これまでのやりとりを見守っていたナイトブレイズ公爵が、ようやく口を開いた。

「女王陛下、驚きました。まさかこのことを最初からお考えでしたか？　シルバーフェイス殿が治療に成功すれば、王都で消費する特効薬の量は劇的に低下する。そのすべてを皇国に送ることを？」

「カグライ皇帝までも罹患していたとは思っていませんでしたが」

「なんという思慮深さ。お見それしました。両国の友好についてまでお考えだとは……」

クインブランド皇国との同盟がもし成ったとしても、ビオスとのいざこざが終わればまた同盟が破棄される——というのはよろしくない。王国は少なくとも10年ほどは、国力の復興に取り組む必要があるからだ。それほどまでに、先代王の放蕩と度重なる出兵で、国民は疲弊していた。

だが皇国内で、王国の評判——クジャストリアの評判が高くなれば、皇国とは長く友好国でいられる可能性が高い。

「わたくしは、自分が王位にいる間に戦争をしたくないだけですわ」

こともなげに言うクジャストリアを、ナイトブレイズ公爵は頼もしく見る。

クインブランド皇国のことだけではない。

袂を分かった聖ビオス教導国とクインブランド皇国。そのどちらも、この世界で生きていくのに必要不可欠な「加護」のテクノロジーを握っている。王国としてはどちらかに100パーセント依存してしまうのはよろしくない。

ゆえに、腹は立つもののビオスにもいい顔をしながら、クインブランドにも恩を売る――クジャストリアはそこまで考えていたのだろう。

(この御方は、稀代の王となるやもしれぬ)

というナイトブレイズ公爵の内心のつぶやきは、クジャストリアにとっては不幸なことではあった。

クジャストリアの目標は「なるべく早く退位すること」なのだ。彼女が働けば働くほどその在位が伸びることになるのだから。

その日の夜、銀色の仮面とマントを身に着けたヒカルとポーラは、王都内でもあまり裕福ではないエリアへとやってきた。表通りではないので街灯はない。月明かりの下をふたり、歩いていく。

病気が流行りだしてからというもの、往来を歩く人は減ったようだ。特に夜間は静まり返っていて、ごくまれに犬の吠える声が聞こえるくらいだ。

ふたりの目の前には平屋の家があった。土台は石積みだが壁は土だ。コンコンと木戸をノックすると、しばらくして男が現れたが、その目は泣きはらし、赤くなっていた。

「な、なんだアンタたち！　強盗か⁉」

仮面にマントという二人組を見て焦る男だが、ヒカルは淡々と答える。

「回復魔法使いだ。病の治療にやってきた」

「回復……えっ、治療？」

「お前の娘が、肌が黒ずむ病気だと聞いた。それを治してやる」

「⁉」

驚いたその男は、先日ヒカルたちが中央聖堂のそばで見かけた、修道士にすがりついていた男だった。

うさんくさそうにしながらも男がヒカルたちを中に入れたのは、教会の求める金を用意できず、他に打つ手がないからだろう。

狭い平屋の一室に、粗末なベッドが置かれている。ぐったりとベッドに横たわる少女は肌のほとんどが黒ずんでおり、すでに意識もない状態だった。

「……これは、ひどいですね、シルバーフェイス様」

「ああ。手遅れ寸前だ」

「治るのか……娘は治るのか……？」

男のかすれた声に、ヒカルはうなずく。

「頼むぞ、フラワーフェイス」

「はい」

ポーラは急いで少女の額に手を当て、詠唱を開始する。

「『そは古（いにしえ）より伝わる契（ちぎ）りごと、願いは果たされ契りは終わる、天にまします我らが神よ、その御手より授かる光の祓（はら）え、この者に命の息吹をもう一度与えん――』」

彼女の詠唱を聞きながらヒカルは思い返す。

最初に治療院でポーラが回復魔法を使うのを見たときに、ヒカルは「魔力探知」を発動して丹念に魔力の浸透を確認していた。そのとき、黒の斑点が回復魔法を阻害するときに特定パターンの魔術を発動しているのが見えたのだ。

そして中央聖堂に忍び込んで司祭と大司祭の話を聞き、これが病気ではなく毒によるものだと知り、確信した。

毒は毒でも、高度な魔術を忍ばせた毒だ。

だから通常の解毒魔法では治癒できない。逆に言うと、特定の魔術を解く術式が組み込まれた「特効薬」ならば、すぐに解毒ができるのである。

それからすぐに調べてみると、魔術を解除しながら解毒を行う回復魔法というのは、あるにはあったのだが、あまりに特殊すぎた。古代遺跡のダンジョントラップなどでごくごく稀(まれ)にこの手の毒が使われており、それらが数少ない使用例だった。

さらに使用難度が高く、ソウルボードの「回復魔法」が5であるシュフィは使えず、8のポーラは使用可能だった。ポーラに使用したときの感触を聞いて、「コツを教える」体(てい)でシュフィにやらせたところ、次は使えた——その間にヒカルがシュフィのソウルボードをいじって「回復魔法」を6に上げたからだ。

これから特効薬ではなく魔法で治療していくとなると、ポーラひとりでは手が足りない。シュフィにもがんばってもらわねばならない。

シュフィには今回の流行病(はやりやまい)「呪蝕ノ秘毒」に関して全部伝えたが、信じられないという面持ちで、しばらく呆然自失(ぼうぜんじしつ)していた。あまりにも短絡的な教会の蛮行を信じられない——信じたくはないのだろう、自分でも調べてみると言った。ただ、毒を広めたのが教会であろうとなかろうと、ポーラとともに陰ながら治療に当たると約束した。

「——『破縛の解毒(ブレイクスペルアンチドーテ)』」

ポーラの詠唱が完了すると、ポーラの周囲にちりちりと燐光(りんこう)のようなものが舞い、それらの光はDNAの螺旋(らせん)のように指先に集まっていく。

その光がポーラの指先から少女に吸い込まれていくと、黒色を浄化しながら光が身体中に広がっていく。

かなり病が進行していたからだろう、かかった時間は3分ほど。軽微な症状であれば数

秒で終わることがわかっている。

「ふぅ……。もう大丈夫ですよ」

少々疲れたのか、ポーラは息を吐きながらも明るい声で言った。

「だ、大丈夫……？　大丈夫とは？」

ぽかんとしている男。

「完璧に治癒しました。でも、体力が落ちていますから消化のよいものを食べさせてあげてくださいね。数日もしたら元どおりに生活できると思います」

「そんな！　教会では50万ギランと言われたのに……」

だがポーラのどんな言葉よりも、血色がよくなって寝息も安定した少女の姿が、なによりの証拠だった。もぞもぞと少女は動くと、

「……ん、んん……あれ？　あたし、寝てた……」

「おお、おお……!!　目を開けた、開けた……!!」

男はベッドにすがりつくと、おいおいと泣き出した。

「うふ……パパどうしたの？　あれ、こっちの人たちは？」

「こちらの方々は――」

男が言いかけたのを、ヒカルは手で制する。

「ちょっとお邪魔しただけだよ。疲れているだろう？　おやすみ」

「ん……」

少女は、またそのますますやすやと寝入ってしまった。それを男は愛おしそうな目で見つめてから、ヒカルたちへと向き直る。

「……金はないのですが、なんでもします。この命をよこせと言われれば差し上げます。ありがとうございます、娘を救っていただいて……ありがとうございます……」

「ああ、あなたにはやってもらいたいことがあるので、お礼はそれで頼む」

仮面の奥の、ヒカルの目が光った。

「――同じ症状の他の患者をできる限り集めてくれ。明日、一斉に治療する」


それから何日もの間、夜になるとヒカルはポーラとともに精力的に活動した。

実際に治療してみせると大抵の人間はヒカルたちを信じ、翌日には別の患者を集めてくる。治療の場で、ヒカルは感染の危険性についても話して聞かせた。

井戸に放り込まれたらしい「呪蝕ノ秘毒」だが、怪しい井戸をいくら調べても痕跡は出なかった。人体に取り込まれなければ数日で無毒化する毒のようだ。井戸が継続して使えるので住民たちにとってはありがたいのだろうが。

厄介なのは感染だ。この毒は人間の体内で爆発的に増えて、他者へと感染する。空気感染ではなく接触感染のようだが、そこまではまだ調べがついていない。とにかく手洗いとうがいを励行した。

明け方、治療からの帰り道でヒカルは言う。

「——ポーラ、疲れがひどいな。今日は休もう」

目の下に濃い隈のできたポーラだったが、首を横に振る。

「ヒカル様。重篤な症状の患者さんはもういらっしゃいません。あとは軽微な症状の方ばかりです。根絶まであと少しなのですからやらせてください」

ポーラはがんばりすぎだとヒカルは思う。だが教会の教えは本来、「無償の愛」なのだ。権力を握った一部の人間とその周囲が腐っていくだけで、教会の大多数——地方にいる修道士や修道女たちは清廉潔白だ。

毒の根絶は、ここからが大変だ。

本人も気づかないうちに感染しているケースはいくらでもあるだろう。それらを丹念に回復魔法でつぶしていく。根気の要る作業だ。

「それに私、うれしいんです。ヒカル様がやろうとしていることのお手伝いができる。それがとてもうれしいんです」

「……ポーラ」

魔物などの敵と直接戦ったりする能力は、ポーラにはない。それを彼女は気にしていたのかもしれない。ラヴィアはヒカルとともに困難な局面を切り開くが、そのとき自分はなにもできない、と。

だがヒカルからすると、ポーラという優秀な回復魔法使いが近くにいれば安心感が違う。いてくれるだけでもかなりの貢献なのだが、これぱかりはいくら説明しても、納得できるかどうかは本人次第なのだろう。

「あ……ヒカル様、あれを」

ちょうど通りがかったのは中央聖堂の近くだ。明け方だというのに多くの人間が集まって、なんだか剣呑(けんのん)な空気である。何人かが声を荒らげている——「金を返せ」だの「守銭奴」だのと言っている。

中央聖堂からちょっと位の高そうな人物が出てきたが、ヒカルが忍び込んだときに見たあの司祭ではないので、助祭だろうか。

「皆様、なにか誤解をしておいでのようです。皆様にお渡しした特効薬以外に、この病を治す手段はございません」

「バカ言うんじゃねえ！　現に隣んとこのせがれは真っ黒だったのが翌日には真っ白になってたんだぞ!!」

「そのようなことはあるはずがございません。特効薬でもそれほどの効き目はありません。肌を白く塗ったのではありませんか」

「違う!!　飲み屋んとこの嫁はもうすっかり元気になって、店で働いてんだぞ！　寝込んでた女だぞ⁉」

「それはそもそも違う病気だったのでしょう」

「いい加減にしやがれ！　俺たちに学がねえとバカにしてやがる！　50万ギランすぐ返せ！」

すると「かーえーせ！　かーえーせ！」と大合唱が始まる。困惑している助祭を見て、ヒカルは自業自得だと思った。自分たちで毒をまき、それを治す薬を販売する。マッチポンプも甚だしい。

「もう行こう」

「はい……」

ポーラは少々複雑そうな顔ではあった。彼女もまた教会の一員だったから。

去り際、ヒカルの耳に群衆の声が届いた。

「こんな金のかかった教会より、『彷徨の聖女』様のほうがよほど尊い！」

ポーラのことだ。彼女に聞き慣れない二つ名ができているようだった。

◇

宵の口、王城のクジャストリアの私室を訪れた人物がいた。

「――シルバーフェイス、聞きましたよ。魔法による治療は成功したようですね」

そろそろ来ると思っていたのか、クジャストリアは落ち着いていた。

ヒカルはパンパンと服のホコリを払ってから、彼女の向かいに腰を下ろす。

「ですが、驚きました……あの病気を治せる回復魔法使いがいたなんて」

「そうか？」

「教会は回復魔法の総本山ですよ。その教会が自信満々でまいた毒ですからね、生半可な回復魔法では治せないと思うのがふつうでしょう」

それはそうだ。「回復魔法」6を持っている人材なんて、国に1人か2人いればいいくらいだろう。その人物が教会関係者である可能性は極めて高い――つまり敵方の人材である可能性だ。

「ですが、気をつけてください。教会の様子を探らせていますが、彼らはあなたの仲間……『彷徨の聖女』を探し始めました」

「！」

予想はしていた。これだけ派手に動いてビオスの計画を破壊しているのだから、向こうだって反撃に転じるだろうと。

そしてこの治療については、「彷徨の聖女」と呼ばれる回復魔法使いにすべてがかかっている。その人物さえ押さえてしまえば終わりだ。

「まあ、注意はするさ」

ヒカルとしては笑いがこらえられない。

まさか、彼らは治療できる回復魔法使いが「2人」いるとは思ってもいないだろう。

実は今夜からシュフィも治療要員として活動することになったのだ。その護衛にサーラがついてくれることになったので、ヒカルは若干自由になり、クジャストリアのところへやってこられたというわけだ。

ちなみにシュフィやサーラも「身元を隠しながら治療をしたい」と言うので、銀の仮面を渡した。その仮面にはツタの模様が描かれているので「ヴァインフェイス」を名乗ることにしたらしい。さらにサーラは、仮面に自分で下手くそなネコの絵を描いて「キティーフェイス」。ノリノリじゃないかとヒカルは思ったが、言わないでおいた。

「それでシルバーフェイス、あなたにひとつ頼みたいことがあるのです」

「『世界を渡る術』のことか？　あれはもう少し考えたいんだが……」

「いえ、違います」

クジャストリアは首を横に振る。

「この毒は、王国にだけ使われたのではないのです」

ここで初めてヒカルは、クインブランド皇国の惨状を耳にした。向こうではすでに千人を超える死者が出ていること、皇帝も罹患（りかん）したが、クジャストリアの手に入れた特効薬を持たせたこと――。

「あなたが善意でがんばってくださっていることを、外交に利用したようで申し訳ありません。教会から手に入れた特効薬3千本は、皇国に送りました」

クジャストリアは頭を下げたが、

「……いや、気にしなくていい。むしろよく決断してくれたと思うよ。これまで敵だった国に治療薬を送ったというその決断はすばらしい」

ヒカルは手を振った。

そう、この毒の悪いところは、政治とまったく関係のない国民までも巻き込んでしまうことだ。

（……人の命を、なんとも思っていないのか……）

ヒカルは膝の上で手を握りしめる。せっかくポーラといっしょに多くの人々の命を救ってきたというのに、クインブランドの話を聞いて急に無力感を覚えた。

と同時に、ふつふつと熱い感情も湧き上がってきた。

多くの人間が死ぬだろうとわかっているのに、笑いながら毒の話をしていた大司祭の顔を思い出すと、いてもたってもいられなくなる。

これは怒りだ、と気づいたときにはヒカルは口を開いていた。

「女王、これからどうするつもりだ？」

「……なんとか教会からもっと特効薬を吐き出させるつもりですが、それをすべて送ったとしてもどれほどの命を救えることか。これが『呪蝕ノ秘毒』という毒であり、病気ではなく、患者から健康な者に伝染するというあなたからの情報も伝えましたが、すでに病気が発症している者だけで1万人を超えるという話です。これからもっと犠牲者は増えます……全員を救うことは、できません」

気丈に振る舞っているが、クジャストリアの声がわずかに震えていた。

同じだ、とヒカルは思う。彼女もまた自分と同じように無力感を覚えている。

「皇国にこう伝えてくれないか。この毒は呪いに近い魔術を施された毒で、高位の回復魔法使いが使用できる『破縛の解毒』という魔法で治療できる。だがこの魔法を使えるのは、ほんとうにごくごく限られた人間だけだろう」

「……ありがとうございます、シルバーフェイス。もしもその情報で皇国が救われたのなら、皇国だけでなく王国を代表して、わたくしもまたあなたに感謝を申し上げます」

「感謝なんていい。ただビオスの連中が……気にくわないだけだ」

ヒカルはふうと息を吐いた。熱い息だった。

「ほんとうに難しい魔法だ。皇国にはこの魔法を使える人間はいない、と思ったほうがいいかもしれない」

「はい……いたとしても、その人物が教会関係者である可能性も高いでしょう。それにここまで感染が広まってしまうと、ひとりやふたりでどこまで対応できるか……」

部屋が沈黙に沈んだ。

まだなにかできることがある——ヒカルは考え、ひとつ、思いついた。

「……女王、ひとついいだろうか」

「なんでしょうか」

「おれがビオスへ行くというのはどうだ？」

「あなたが……？　——まさか！」

ヒカルはうなずいた。

「特効薬はビオスで製造されているに違いない。そこには大量に備蓄されているはずだ……それを全部、奪う」


話がまとまるとヒカルは早々に王城を出て、王都郊外にある小さな教会へとやってきた。以前、シュフィと会った教会だ。

ホコリっぽい教会にはついさっきまで多くの人がいたであろう痕跡が残っており、イスが乱雑に置かれてはいたものの、そこにはもう仮面を取ったポーラ、シュフィ、サーラ、それにラヴィアの4人しか残っていなかった。

わずかな魔導ランプの明かりの中、ポーラもシュフィもぐったりとイスに座っている。

「おかえり〜。どうしたの、ヒカルくん？　なんか殺気立ってる感じするけど」

ひとり元気なサーラがのんきに言うが、

「平気？」

と気遣わしげに聞いてきたのはラヴィアだ。

「ん、ちょっとね……。ラヴィアも来てたんだ」

「うん。なにもできることはないんだけど、ヒカルとポーラががんばってるのに、わたしひとりでぼんやりしてるのは落ち着かなくて」

するとポーラが「ラヴィアちゃんが来てくれて心強かったよぉ」と言った。

「治療はどうでしたか」

ヒカルがサーラに水を向けると、

「患者さんは１００人くらいかなぁ、集まったけど、順々にさばいていったらなんとかなったよぉ〜。そっちは？　女王陛下とお話ししてきたんでしょ？」

「……実は」

ヒカルはクジャストリアから聞いた、クインブランド皇国のことを話した。そして自分がビオスへ出向いて特効薬を奪ってくるという計画も。

話の途中からシュフィとポーラもむくりと起き上がって、真剣な顔で聞いていた。

「ラヴィア、君には僕といっしょにビオスまで行ってほしいんだ。君の魔法が必要になる局面があるかもしれない。……危険な旅になるけれど」

「行く。ヒカルといっしょならなんでも乗り越えられる」

「ありがとう。それでサーラさん、僕が不在の間、ポーラをお願いしたいのです」

「それはモチのロンでだいじょーぶだけど……いいの？」

サーラがちらりとポーラを見ると、ポーラが一瞬寂しそうな顔をするのがわかった。

「ほんとうはポーラにも来てほしいんだけど……」

彼女が寂しがるだろうことはわかっていた。だが、特効薬を奪ってくるミッションを遂行するのに、ポーラはあまり役に立たない。

むしろ彼女は病人の治療をするときにこそ輝く。

ポーラは寂しげな表情を、すぐに笑顔に変えた。

「わかっています、ヒカル様。私の戦場はここ、ということですね。がんばります！　今こそ、ヒカル様の期待に応えるときです！」

むんっ、と握りこぶしを作るポーラを見て、ぱちぱちと手を叩きながらサーラが言う。

「すごいよねえ、君たちの関係って。ていうかビオスに潜入するって結構なヤバイことなのに、するっと受け入れちゃうところがいちばんすごい」

「ありがとう、ポーラ。お土産を買ってくるよ。なにがいい？」

「い、いえいえ、そんな、気になさらずに……」

「それくらいはさせて」

「ん。ポーラにはお土産を要求する権利がある」

ラヴィアまで同調すると、

「そ、そうですか？　それじゃあ……最新版の教会の教本をお願いします！」

「…………」

教本？　ほんとにそれでいいの？　と思ったが、ポーラの目は完全にマジだった。

「わ、わかった……買ってくるね」

「ありがとうございます！」

ポーラが喜んでいるのでよしとしよう、とヒカルは思った。

「……あの」

その間、じっと黙っていたシュフィが口を開いた。

「クインブランド皇国のお話は、ほんとうなのでしょうか……。いえ、あなたが女王陛下から聞いたということでしたら真実なのでしょうね」

疑問を口にし、しかし自分で結論を出してしまった。そう言ってしまうほどに信じがたい——信じたくない内容だったのだろう。シュフィは痛みをこらえるように表情をゆがめていた。

これまで信じて従ってきた教会の、非人道的行為を突きつけられたのだ。シュフィだって回復魔法の使い手としては上級レベルだから、教会の負の側面について今まで聞いたことがないなんてことはないだろう。だが、これほどとは思っていなかった。

「ヒカルさん――いえ、シルバーフェイス。わたくしはクインブランド皇国へと向かいますわ」

「へ、皇国に？　ちょっ、シュフィなに言ってんのよ、急に！」

「サーラさん。これは教会の犯した罪。教会に所属するわたくしが償わなければなりません」

　するとポーラが、

「でしたら私も行きます。同行させてくださいませ。ヒカル様、王都に重病の人はもういませんし、これから発症したとしても時間的な猶予があります。その間、皇国に行って、なるべく多くの命を救うべきだと思います」

「……ほんとうにそれでいいの？　皇国は病気の流行が進んでいるし、かなり危険だよ」

「はい」

「そんなとき僕は、あなたについてはいられない」

「わかっています――というか、ヒカル様のほうがよほどの危険を冒すのに、私が怯んでなんていられません」

「わかった。――僕からもお願いします。サーラさん、シュフィさんとポーラを守ってもらえませんか」

「えっ？　それをウチに振るのぉ～？　難しいなあ。ポーラちゃんのことはソリューズたちにはナイショだもんねぇ……」

「サーラさん、ポーラさんがいれば百人力ですわ。がんばってソリューズを説得しましょう」

「うーん、そうなるかあ……しょうがないにゃ～～。任されたよ！」

「ありがとうございます」

ヒカルはサーラとシュフィに頭を下げた。

サーラの困惑を、ヒカルは理解できた。彼女たち「東方四星」はランクBであり、さらに女性だけのパーティーとしてその動向を注目される。そんな彼女たちが皇国に向かえば、なにかあると思われるだろう。今でこそまだ流行病の情報は統制されているが、ほどなくそれも広がれば、「東方四星」の動きもいろいろと勘ぐられる。

（これが……できる最善、ではないんだよな）

一方でヒカルは、胸の内にほろ苦いような思いを感じていた。

ヒカルが皇国に向かい、治療院関係者のソウルボードをいじって「回復魔法」のレベルを上げればそれで済むのだ。ポーラが危険を冒して皇国に行く必要もない。

（でもそれは、諸刃の剣だ）

突如与えられた強力な「回復魔法」が、今後悪用されない保証はない。戦争のために使われることだって考えられるし、もしそうなったら「呪蝕ノ秘毒」から救えた人たちよりも、戦争で死ぬ人たちのほうが多くなることもあり得る。

（結局、これもひとつの命の選別なんだ……僕は、僕が納得できる範囲で全力を尽くすしかないんだ）

ソウルボードの力は万能ではないということを、いやというほど思い知らされる。

「………………」

ひとり思い悩んでいたヒカルを、後ろからラヴィアがじっと見つめていた。

しかしそれには気づかずに、ヒカルは提案する。

「サーラさん、このことは女王陛下に話しますから、冒険者ギルドを通じての依頼で皇国に向かうという形にしましょう。そうなればあまり不自然さもなくなります」

「だねぇ、そうしてくれるとありがたいかな～」

細かい点を打ち合わせれば、あとは行動するだけだ。

ヒカルはラヴィアとポーラを連れて教会を出た――ところで、

「――ヒカルさん」

シュフィに呼び止められた。

「ちょっと……よろしいでしょうか」

少し離れたところへ呼ばれ、2人向き合った。

なんだか居心地の悪さを感じる。シュフィの行動原理はシンプルで、教会の教えのとおりに動き、冒険者の立場であってもそれは変わらない。まさに「聖人」を地で行くタイプなのだ。フラワーフェイスの正体をポーラであると見破ったのも、ポーラが優れた回復魔法使いならば教会のために尽くしてくれるだろうと考えた上での行動だった。

つまるところ、ヒカルには理解できないタイプの人間なのだ。

「ええと、なにかご用でしょうか？」

呼び出されると、なんだか罪を咎められるようなイヤな想像しか出てこないヒカルだが、そんな思いとは裏腹に、シュフィの言葉は予想外のものだった。

「ヒカルさん……実は、教会の関係者、それも高位の人間しか使えない道、『聖隠者の布教路』というものがあるのです。それを使えば国境を越える時間の大幅な短縮が可能ですわ」

「なんですって」

そんなものがあったとは……と思うものの、冷静に考えればしっくりくる。教会は世界各地に散らばっており、教会関係者は頻繁に国境を越えて移動しているだろう。であれば確かに、そういった隠しルートがあっても不思議はない。

「シルバーフェイスさんがそのルートを使えるようにしておきます」

「ありがとうございます。とても助かります」

「ただし、一つだけ条件が」

「……条件？」

ヒカルは身構える。ポーラを教会に戻してくれと言われたら拒否しなければならない。ちょっと前までならポーラの意志に委ねてもいいと思えたかもしれないが、こんな毒を開発してばらまくような組織だとわかった以上、絶対にダメだ。

「——セリカさんのことですの」

と思っていたら、全然違った。

「ヒカルさん、先日セリカさんに会ったのでしょう？　そのときなにを話したのですか？　あれから、セリカさんがすっかり塞ぎ込んで思い詰めているようなのです」

「あ……」

心当たりは、あった。

——あの……もしもの話ですけど、日本に帰れる手段があったらあなたはどうしますか？　こちらにはもう二度と来られないとして。

あくまでも「仮定」の話として質問したが、ヒカルがその手段を、「世界を渡る術」を持っているのだとセリカが考えたのならば——セリカが考え込むのも当然だろう。

「……僕の責任かもしれません」

「やはり、あなたも『ニホン』という国から来たのですね」

「セリカさんは、あなたがたにその話をしたんですか」

「にわかには信じられませんでしたし、わたくしたちは話半分で聞いていたようなところはありました。そもそも、彼女が違う世界から来たからといってなにが変わるわけでもありませんので、積極的にその話はしてきませんでした。ですが、あなたの様子から察するに……帰れるのですね？」

ヒカルはうなずいた。

「でも、こちらに戻ることはできないと思います」

「……だから、ですのね。セリカさんが悩んでいたのは。わたくしたちに気兼ねがあって、素直に『帰りたい』と言えないのですわ。言ってくださって構わないのに。ご家族に会いたいと願うこと、生まれ育った故郷に帰りたいと願うことは当然なのに……」

ヒカルから目をそらしたシュフィの目に涙が浮かんでいた。その涙はセリカに同情したからなのか、彼女の境遇を哀れんだからなのか、あるいは別の理由があるのだろうか。

「……ヒカルさん。先ほど、教会の『聖隠者の布教路』を使うには条件があると申しました」

「ええ」

意を決したように、毅然とした顔でシュフィは言った。

「セリカさんを、元の世界に帰してあげてください。彼女にとってそれがいちばん幸せなことですから」

ちょうどそのとき、深夜の0時になった。

小さく粗末な教会ではあったが時間を告げる機能はまだ活きており、ガランガランと鈍い鐘の音が響き渡る。

世界と世界をつなげる亀裂は確認できた。だが人間がほんとうに渡ることができるのかどうかは確認できていない。これは人体実験のようなものだ。それでもセリカが「いい」と言うのであれば――。

「わかりました」

ヒカルは、シュフィに約束した。

セリカを元の世界へと、日本へと送り返すことを。

第23章　この世界で生きていく、決意

中央連合アインビストにおける最大都市ホープシュタットから東、馬に乗って1日ほどの距離にアインビスト軍は展開していた。その数は5千人強。

軍といっても、統制の取れている正規の兵が半分で、残りは冒険者を中心とする雇われ兵士だ。雇われであっても彼らの士気は高い。というのも、もし仮にビオスに負けるようなことがあれば亜人たちは全員ビオスにさらわれ、奴隷として扱われることが目に見えているからだ。雇われの彼らにとってもこれは故郷を守る戦いとなっている。

「初戦は快勝だが、敵はまだまだ掃いて捨てるほどいやがる」

天幕のひとつに、アインビスト盟主ゲルハルトはいた。獅子の血が色濃く出ている獣人であり、筋骨隆々とした巨躯に、しっかりたてがみの生えている顔が載っている。

彼の正面の毛皮の敷かれたイスには、厳しい表情の副盟主、ジルアーテが座っている。燃えるような赤色の髪を後ろで縛った見目美しい——アインビストでは逆に珍しいヒト種族の女性。腰の左右には曲刀であるカットラスを下げている。

「偵察の報告では、平原に展開しているビオス軍は1万5千ほど。ですが大きく動くよう

「平地だってえのに攻めてこねえ。ああ、イラつくったらねえな」

「3倍の兵があれば、ふつうなら攻め込んでくると思われますが——先日の敗戦が影響しているかと思われます」

　初戦は1万のビオス軍に対してアインビストは5千人ほどだった。意気軒昂のアインビストとは違って「たかが亜人ごとき」となめきった態度のビオスは、最初の戦闘でアインビストの覇気に負けて総崩れとなり、およそ千人ほどの死者を出して退いている。アインビスト側の死者は50人に満たない。

　これは客観的に見て「大敗」だ。

　ジルアーテが推測するに、ビオスが考えているのは「次は絶対に負けるわけにはいかない」ということだろう。

　彼らは教義を重んじる。教皇が語る教義とは、「純粋なヒトこそ至高で亜人はヒトより劣る」というもの。獣人相手に敗北を喫したなど、口が裂けても国民に伝えられない。

「次は勝ちを確実にしてから来るのではないでしょうか」

「あぁ？　戦争に確実もクソもねえよ！」

　ゲルハルトが吼える。よほどにらみ合いの状況に、しびれを切らしているらしい。

「私は忍び込んでくる間者が気になります」

アインビストの獣人は知覚の鋭敏な者が多く、忍び込んでくるビオスのスパイを片っ端から捕らえていた。中には毒物のようなものを持っていたスパイがいて、それらはホープシュタットに送って分析しているところだ。

「たかだかスパイなんぞ好きにやらせておけ！　俺たちはどのみち、正面から噛みついて殺すだけだ」

「盟主……」

「明日になっても動きがなければ、こっちから仕掛ける。準備しておけ！」

ジルアーテは一礼して天幕を出た。かなりゲルハルトの感情がささくれ立っているのがわかる。

（きっと……あのこと・・・・が影響しているんだ）

あのこと、とは、事前にビオスと行われた「交渉」についてだった。

南葉島で暴れていたテンプル騎士団１００人を生け捕りにしたゲルハルトは、この捕虜を使ってビオス国内にいる同胞を解放しようとした。ビオスでは獣人は奴隷として苛酷に扱われ、使いつぶされる労働者として生かされているにすぎない。

囚われている獣人は数千人ともいわれており、テンプル騎士団１００人と引き換えにどれだけ解放できるかが「交渉」の要点だった。

ゲルハルトは10人の交渉チームを編成したのだが、ビオスは交渉の場に武装した兵士を送り込んできた。

なんの話し合いもなく、いきなり襲撃された交渉チームはなすすべもなく殺され、瀕死の1名だけが逃げ延びて事態を報告した。

その後、間を置かずにビオスは軍を編成して出撃したのだ。

ゲルハルトは交渉団を送ったことを後悔している。

「連中と交渉なんぞ、できるわけもなかったんだ……」

とつぶやいていたのを聞いてしまったこともある。ジルアーテもまたビオスの蛮行を聞いて強いショックを受けた。向こうはこちらを、同じく人格を持った相手だなんてまったく考えていないのだ。

(他国の動きも気になる。大陸中に教会を持つビオスは各国に増援を要請しているはず。だから盟主は、早めに決着をつけたいと焦っているんだ)

ジルアーテは腰に吊ったカットラスの柄に手を添える。

(大きな戦いが、始まる。勝てるのか。私は生き残れるのか……生きなければならない。勝たなければばならない。交渉ではなにも変わらないのだ。戦って勝利をつかまなければ、私たちに未来はない)

空は広く、薄い雲が流れている。この大陸のどこか遠くにいる仮面の少年を思い出そうとしたが、ジルアーテは首を横に振った。今は、目の前のことに集中しなければ。

「私たちは……きっと勝つ」

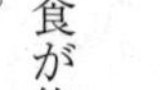

朝食が終わって早々、ヒカルはカフェへと向かった。木陰のテラス席がある、よく行く店だ。

『あら、もう来てたの？』

ちょうど席に着いたところで、日本語で声を掛けられる――やってきたのはセリカだ。

『急に呼び出されるからびっくりしたわよ。シュフィもアンタたちも、流行病のことで忙しかったんでしょ。どうしたの？　いや～、アタシは攻撃魔法特化だから、こういうときなんもできないんだよねえ』

ヒカルはコーヒーを、セリカはカフェオレを頼んだ。

『セリカさん、僕は先日聞きましたよね。日本に帰れる方法があったらどうするか、って』

飲み物が来る前に、切り出すと――セリカの表情が強張った。

『聞かれたけど……そんなもしもの話、しないでよ。つらいだけじゃん』

『方法はあります』

ヒカルは、セリカの反応を待たずに一気に話した。

『ただしこれは確立された手法ではなくて、検証もされていません。いわば人体実験みたいなものです。それに向こうに行ったあと、こちらに戻れる保証もありません。それでも……あと1回は確実に、人ひとりだけを日本に送り出すことができます』

『…………』

『僕らはこれを「世界を渡る術」と呼んでいます』

セリカはぽかんとしていた。要点を一気に伝えられても理解するのに時間がかかるのだろう——その間に注文した飲み物が届いた。

『それ……本気の本気で言ってんの……？』

『はい』

ヒカルはコーヒーを一口すすった。

『この間は、そんなこと言わなかったじゃん。もしも、とか、仮定の話、とかなんとか言ってたじゃん!!』

『セリカさん、落ち着いて』

『落ち着いてなんていられるわけがないでしょうがッ！』

腰を浮かせたセリカの身体がテーブルに当たり、カップが傾いた。ヒカルは手を伸ばしてそれを押さえる。

『セリカさん……あなたの願いを叶(かな)えてくれと言ったのは、シュフィさんです』

『────!!』

『あなたはきっと自分たちに気兼ねするから、そんなこと気にせず送り出してほしいと。生まれ育った故郷に帰りたいのは当然だと』

セリカは口を開き、なにかを言おうとしたけれど言葉は出てこなくて、そのまま力なくイスへと腰を下ろした。

『……すみません。僕はちょっと急いでいます。もしも決心がつかないようであれば……たぶん1カ月とか結構後になってしまいますけど、そのときに聞きますから考えておいてください』

シュフィはセリカを送り出してくれと言ったが、さすがに今すぐこの場で決断はできないだろう。ヒカルは席を立とうとした。

『シュフィはバカね……それこそ気兼ねなく、自分からアタシに言ったらいいのに』

ぽつりと、セリカはつぶやいた。

『……僕には想像することしかできませんが、シュフィさんは、サーラさんやソリューズさんに言わずにあなたを送り出すつもりのようでした』

『そう……。このことは独断でやって、責任を全部かぶるつもりなのね。アタシがそんな簡単に「うん」とうなずくと思ったのかしら』

セリカは、「はぁ〜〜〜」と長々とため息をついた。

『日本に帰りたいのは事実だけど、なんだかシャクね。あのぽわぽわしたシュフィの手のひらの上で踊らされてるってことが』

『彼女はあなたのためを思ったんでしょう。それだけですよ』

『アタシがシュフィたちのことをなにも考えていないとでも？……わかったわ、そうとなったらアタシも腹が決まった』

あ、これは日本に行かないヤツだとヒカルは思った。

シュフィの条件は達成されないことになるが、それでも願いを叶えようとしたのだから、シュフィは「聖隠者の布教路」を教えてくれるだろうか？　と考えていると、

『日本に行くわ』

『……え？　行くんですか？　この話の流れで？』

『その代わり』

ビシィッ、とヒカルに指を突きつける。

『向こうで用事を済ませたら、こっちの世界に戻る！　アンタ、その算段をつけといて！』

夜半、ヒカルはクジャストリアの部屋を訪れた。彼女に事情を話し、「世界を渡る術」

に必要な術式や魔術触媒をもらうためだ。

とはいえ、すんなり渡してくれるはずもない。

「いやです」

「わたくしも見ます。絶対に見ます」

「わたくしの人生でいちばん興奮するような現場に立ち会ってはならないとは、わたくしに死ねと言うのですか？」

と、散々拒否をされた。

ヒカルだってクジャストリアの前で「世界を渡る術」を発動して、セリカを送り出すところを見せてやりたい。だが先日、実際に「世界を渡る術」を王女の私室で実行したときに大きな音と暴風が吹き荒れて室内がメチャクチャになり、クジャストリアもごまかしがうまくなく、彼女の部屋では魔術の実行ができないように術式が施されたのである。

クジャストリアひとりでも魔術の準備はできるので、「世界を渡る術」の魔術式を書いてくれていたのだが、実行するにはバレないように部屋の外に出なければならない。公認でやるには、王城の魔道具師たちの同席を求められているらしい。仮に人間を日本に送り出すことが成功してしまうと、その後がいろいろと大変なので（特に日本が）この魔術式の公開は今のところやめておこうと、クジャストリアとは話している。

そんなわけで、クジャストリアもヒカルに術式を渡して外で実験してもらうしかないことは重々承知しているのだ。それでもなお、自分の知らないところで自分の研究をやられるのがイヤだというのも、当然の感情だろう。

「それならわたくしも連れていってくださいませ」

「さすがにそれは勘弁してくれ……女王陛下を誘拐することになるだろ」

露見する可能性は低いが、万一そうなった場合は「東方四星」にも迷惑がかかる。

ヒカルが、クジャストリアをなだめすかして手に入れた術式を持って向かったのは、王都の外れにある古い倉庫だ。そこは誰も使っていない倉庫で、「東方四星」が以前、ギルドの依頼を遂行中に見つけたものらしい。

すっかり夜も更けている。

大きなリュックを背負ったヒカルが古びた倉庫の中へと入ると、湿ったかび臭いニオイが漂ってきた。

ランタンの明かりが一つ、灯っていた。

『——首尾は上々？』

セリカがひとり、古ぼけたイスに座っていた。リュックを下ろしながらヒカルは応えた。

『ええ。そっちはお別れは済んだんですか』

『……してないわ。あれからホテルにも戻ってない。会ったら、決心が鈍りそうでね』

気まずそうにセリカは目を伏せた。

（……やっぱり彼女は気にしているんだろうな。向こうの世界に帰ることが、仲間への裏切りになりかねないと）

ほんとうにこれでいいのかと、ヒカルは思ってしまう。

『もう一度言います。「世界を渡る術」で世界と世界をつなげることに成功はしましたが、人間を送り出したことはまだありません。あちらの世界でこの術が発動するかどうかはわからないので、もしセリカさんが戻ってくる気なら、こちらでもう一度「世界を渡る術」を実行する必要があります』

『わかってる。そのために必要なのが巨大な精霊魔法石なんでしょ？　いくらお金がかかるかは知らないけど、アタシのこっちでの全財産はそこにあるからそれを全部使っていいわ。足りなければ立て替えておいて。戻ってきてからまた稼ぐから』

セリカの足元には大きな袋が置かれていた。中に貨幣が詰まっているのだとしたら相当な金額だ。

精霊魔法石の調達についてはあまり心配していない。ヒカル個人での入手は難しくとも、「東方四星」のツテがあれば手に入れることもできるだろう。

『……向こうに行ってから30日後にここで、同じ時間、夜10時にこの術をもう一度実行します。同じ場所につながるかどうかは賭けですが、つながらなかった場合はまた考えます』

『いろいろ不確か過ぎるのが心配ではあるけどね』

『それでも前回実行したときは、日本につながりましたから』

クジャストリアの私室で「世界を渡る術」を使ったとき、日本の風景が見えた。

実はそのときヒカルが目にしていたものがある——道路標識だ。表示されていた地名は、ヒカルやセリカの育った街から遠くない場所だった。

ヒカルとセリカが同じポーンソニア王国にやってきたことを考えても、世界を渡る際に物理的な距離は離れないことになる。同じ場所でまた「世界を渡る術」を使えば、日本の同じ場所につながるのではないか——ヒカルはそう仮説を立てていた。

『ま、やってみるしかないってことか』

『ええ……。もし、こちらの都合で術を実行できなかった場合は、さらにその30日後に実行します』

『わかったわ』

セリカは立ち上がり、

『……あのさ、もしもアタシが戻ってこられなかったら、その理由をアンタからあの子たちに説明してくれる？』

『そうですね、僕から話します』

『ありがとう』

不安を断ち切るように、セリカは伸びをした。

『よし、それじゃさっさとやろっか』

ヒカルはうなずき、準備を始めた。

魔術式の書かれた紙を地面に広げ、そこに魔術触媒を置いていく。描かれた式はうっすらと光を放ち始めた。

『うわっ、でかっ』

ヒカルがリュックから40センチほどの黄色の精霊魔法石を取り出すと、セリカが思わず言った。

『これを置けば終わりです。魔術式が発動して世界をつなげます』

『えーっと、なんか呪文とかは？　開けゴマ的な』

『ないです』

『そ、そっか……。うん、そうだよね。魔術だから当たり前だよね』

いよいよ世界がつながるということに現実味を感じたらしく、セリカはそわそわする。

『……やっぱり、やめますか？』

『ううん、やるよ。ここでやらなかったらもっと決心が鈍る』

ぱしん、と両手で頬を叩いた。

『やって』

『わかりました』

前回は精霊魔法石を置いてから最後の魔術式の線を書き足したが、今回は魔術式はすでに完成させている。クジャストリアがこの場にいないので、ヒカルが線を書き足す際にミスするのを避けるためだ。

ヒカルは両腕で抱えた精霊魔法石を持って、魔術式の前に立った。設置場所までまだ少し距離があるというのに魔術式が反応を始め、ちりちりと燐光のような光が立ち上る。

『セリカさん、30日後、夜の10時です。忘れないで』

『わかってる』

『行きます。光と風が出るので気をつけて』

なにかもっと言わなければいけないような気がしていた。だけれど、言葉はひとつも出てこない。ヒカルは精霊魔法石を魔術式の中心に置くと、セリカの隣へ飛びのいた。

カッ、とすさまじい光とともに風が吹く。前回は思わず吹っ飛ばされたが、今回は前もってわかっていたのでこらえられた。

『うっ、くっ――』

『セリカさん、しっかり！』

両腕で顔を守るようにしていたセリカだが、足元がふらつき、ローブの裾がはためいている。ヒカルが横から彼女をつかんで押さえる。

めきめきめきと、精霊魔法石から樹木のように鉱物の枝が伸びる。そして、ヒカルたちの目の前の空間が、音を立てて開いていく。

『世界がつながります!!』

身をかがめれば通れるほどの亀裂が開いていた。

見える、日本が。

向こうも夜だ。

だけれどこれは──家？　誰かの家の前のようだ。

『あ……ここって』

セリカはぽつりと言葉を漏らし、それを聞いたヒカルは、

『──え？』

とこの場にそぐわない呆けた声を発していた。

だが次の瞬間にはセリカは飛び出して、亀裂に飛び込んでいた。

セリカは、立っていた。

アスファルトの上に立っていた。

亀裂の広がりは止まり、すぐにも閉まろうとする。セリカは振り向きざまに、こちらに手を伸ばした。

彼女の手は、しかし何かに遮られるかのように、亀裂を越えることはなかった。音はまったく聞こえなかった。彼女が口を開いたけれど声も聞こえなかった。だけれど、不思議とローブの袖だけはこちら側に通ってきたように見えた。

(向こうからこちらには帰ってこられないのか――)

絶望にも似た重苦しい感情で、目の前が暗くなる。これでは、30日後にもう一度「世界を渡る術」を実行しても、セリカはこちらに戻れないことになる。

亀裂がすぐに小さくなる。手のひらくらいの大きさになったとき、セリカが懐に手を突っ込んだ。

なにかを叫ぶ。だけど聞こえない。セリカがこちらになにかを放る――それが空間をすり抜け、ヒカルの手に収まったときには亀裂は閉じていた。

『ッ!?』

「………」

今までの光が、風が、ウソであったかのように静まり返っている。だけれど焼き切れた魔術式が焦げ臭さとともに煙を立ち上らせ、置かれた精霊魔法石は枝を広げた状態で光を失っている。

セリカは日本に帰ったのだ。こんなにもあっけなく。

◇

荷物をまとめてヒカルが倉庫から出ようとすると、

「——ありがとうございます、ヒカルさん」

シュフィとサーラ、それにソリューズがいた。シュフィは目を赤くして泣いていたような顔だし、サーラは困ったような顔だ。そしてふだんはにこやかなソリューズは——どうしていいかわからない迷子みたいな表情を浮かべていた。

「送り出してくれてありがとう、冒険者ヒカル。正直、君のことはよく知らないのだけれど……、シュフィとサーラが『信用できる』と言うし、セリカと同郷であるのならなにも言わない」

シルバーフェイスとしてではなく、ヒカルとしてソリューズと話をするのはほとんど初めてのようなものだった。顔を合わせたことはあったけれど。

「セリカは……故郷に帰ったのかい？」

問いに、ヒカルはうなずいた。

「最後に君になにか投げていなかったか？」

「……これです」

ヒカルが差し出したのは犬の形をしたガラス細工だ。セリカが日本から転移したときに持っていたもののひとつで、その後のサバイバル生活中に唯一残ったものだった。彼女は「幸運のお守り」と言っていた。

「うっ、うっうぅ……」

シュフィがしゃくりあげ、涙を流しながら横からそれを手にした。

これになにか意味が……？ とヒカルが思っていると、サーラが言う。

「これさ、そっちの世界のものなんだよね？ シュフィが気に入っちゃって、いつかセリカといっしょにこんな可愛いものを取り扱うお店を経営しようって話してたんだよねぇ……」

「そうですか……」

セリカがこちらに戻ってこなければならない理由が、それなのだろう。

「……ヒカルさん」

涙声でシュフィは言った。

「セリカがこれをあなたに託した意味は、なんでしょうか？」

「思い当たることが、あります。実は……」

さっき、セリカはこちらに戻れるかどうか確認するために手を伸ばした。だがなぜか手は通らず、透明なガラスのようなものに当たって止まった。ローブの袖は通ったのに。

彼女は、30日後にヒカルがもう一度「世界を渡る術」を使っても「帰れない」ことに気がついたはずだ。

その事情をすべてヒカルは説明した。

「……戻れないかもしれないから、シュフィさんに渡してくれと僕に託したのかもしれません」

だけれどシュフィはゆっくりと首を横に振り、ハンカチを取り出して目元を拭った。

「わたくしは違うと、思います……。きっとセリカは、あなたを信頼したのです」

「……信頼？」

「わたくしがどれだけ気に入ってそれを見ていても、あの方は決してわたくしにくださいませんでしたわ。ふふっ、わたくし、物欲なんてほとんどありませんのに、これだけはどうしても欲しくなってしまいましたの。……それほどのものを、わたくしではなくあなたに渡したのです」

「僕に……」

「はい。他ならぬあなたに。あなたを信じている、と言いたかったのでしょう」

そう言ってシュフィは、ヒカルにガラス細工を返した。

亀裂が閉じようとしていたとき、セリカはなにかを叫んでいた。

――アンタを信じてるから。

そう言ったのだろうか。

「わたくしもあなたを信じますわ。ですから今は——なすべきことをなしましょう。ついてきてくださいませ。教会に伝わる『聖隠者の布教路』についてご説明いたします」

「シュフィさん」

ヒカルはシュフィに、ガラス細工を手渡した。

「これは、あなたが持っていてください。僕には必要ないものだから」

「ですが……」

「思いは受け取りました。セリカさんの信頼には、応えます。だから——それはあなたが持っていてください」

「………」

シュフィは両手で大事そうにガラス細工を包み込み、胸に抱きしめた。

ありがとうございます、という言葉とともに。

◇

ヒカルは翌朝早くに王都を出ることにした。ポーラとは短い別れを済ませ、ラヴィアとともに馬上の人となった。2人で1頭の馬にまたがったのだ。

街道から外れる細い道はいくつもあるのだが、たいていは集落につながっている。そのなかのひとつが「聖隠者の布教路」であるらしい。

細い道は草原を抜け、森を抜け、山間の谷を抜けていく。途中、粗末な小屋があって数人の教会関係者が目を光らせていたのだが、シュフィから預かったペンダントを見せると彼らは無言でうなずいた。ペンダントには教会のシンボルがあしらわれているのだが、特殊な魔道具にもなっているようで、魔術によって本物かどうか識別しているようだ。

馬に乗るのも慣れたものだ。冒険者としてあちこち出かけるようになるのだからと、乗馬の訓練も積んでおいてよかったとヒカルは思う。馬と「聖隠者の布教路」のおかげで、本来7日かかる行程が3日と少しで済むのだ。

「日が暮れてきた。もう少し行けば街道に合流するみたいだから、その先の宿場で休もうか」

「…………」

ヒカルの前に乗っているラヴィアがうなずいた。なにも言わずにうなずいただけなので、疲れているのかもしれないとヒカルは思っていたが、

「……ねえ、ヒカル」

「ん？」

馬は、なだらかな草原の道を進む。西の空はわずかに朱色を残しているだけで、月が昇り始める。ひやりとする風が吹いていた。

「……シュフィさんと、なにかあったの？」

ラヴィアの問いは、ヒカルが小さな教会を出たときにシュフィに呼び出されたときのことを言っているのだろう。

ラヴィアとポーラには、セリカのことはもちろん「世界を渡る術」についても話していなかった。

（ああ……ダメだな、僕は）

思わず天を仰いだ。

ヒカルは目の前のことに夢中になりすぎていた。「呪蝕ノ秘毒」に対する教会への怒り、「世界を渡る術」でセリカを送り出したこと——そちらにばかり気を取られていて、ラヴィアのことを考えていなかった。

それはつまり、ヒカルのいちばん近くにいる彼女がなにを考えているのかを知らないということだ。

「ごめん、言いたくなかったらいいの。ヒカルがずっと思い詰めたような顔をしていたから——」

「違う。謝るのはこっちのほうだよ」

ラヴィアの声を遮るように、ヒカルは言った。

「ごめん……。僕はバカだった」

「？」

前に座っているラヴィアが、きょとんとした顔でこちらを見る。

（僕は……迷っていた）

クジャストリアから以前聞いた、「世界を渡る術」を実行したときの制約。亀裂ができれば1人か2人ならば日本に戻ることができるということ。

どうすべきか——ヒカルはずっと悩んでいた。行くのか、行かないのか。行くのならば誰と行くのか。

（僕はクソッタレだ。心のどこかで……安心していたんだ。セリカさんが「世界を渡る術」を試してくれたことに）

日本に帰るという選択をした場合、どうしたって障害になってくるのが「世界を渡る術」が安全確実なのかどうかだ。ヒカルは、ラヴィアやポーラを巻き込んで人体実験をする気はなかった。

（先にセリカさんがやってくれてよかった、なんて考えて……僕は）

手綱を握る手に力が入る。

（それだけじゃない）

自分が決心するまで、行くか行かないか決めるまで、ラヴィアたちに話せない——と考えていた。勝手に決めつけていた。

「ラヴィア……僕は、元の世界に帰る方法を見つけたんだ」

ヒカルが正直に言うと、ラヴィアの身体が強張った。

「それでセリカさんを送り出した。彼女は僕と同じ世界の人だったから」

すべてを話そうと思った。ラヴィアに、すべてを。

クジャストリア王女が「世界を渡る術」について研究していたこと。彼女の依頼を受けて精霊魔法石を運んだこと。そしてそれを使って行った実験のこともすべて。

「売ったらとんでもない金額になるのに……。こんなことに使ってごめん」

ラヴィアもポーラもお金のことには無頓着だったから、ヒカルは精霊魔法石を自分の使いたいように使ってしまった。だが、あのサイズの精霊魔法石を売れば、いったいいくらになったのだろうか？

お金のことだけではない。もしヒカルが日本に戻ろうと決心したとして、ラヴィアたちが拒否したらひとりで帰るというのか。

（なんてバカなことを僕はしでかしていたんだ）

ほんとうなら真っ先に相談しなくちゃいけないのに。

「ううん、それはいいの。だって元の世界に帰りたいって思うのは当然だと思うもの……。わたしね、もしも自分がヒカルみたいに世界を渡って別の世界に行ったらどうなるかなって何度か考えたの。きっと冒険みたいで楽しいだろうなって」

それは「冒険」に憧れていたラヴィアらしい言葉だった。

「でも楽しいのは最初だけだと思う。だんだん帰りたくなって、寂しくて寂しくてたまらなくなるのかなって。だから、ヒカルがわたしとポーラといっしょにいて、その寂しさが少しでも紛れたらいいのにって思ってた」

「ラヴィア――」

そんなにも深く自分を想ってくれていたのがわかって、ヒカルは思わずラヴィアを後ろから抱きしめていた。

「えっ、えっ!? ヒ、ヒカル、ちょっと……！」

「……答えは最初からわかってたんだ」

「答え……？」

「ああ」

今なら、確信を持って言える。

「僕は、元の世界に戻る気なんてないってこと」

「！」

ヒカルの腕の中でラヴィアの身体が反応する。

「大体、元の世界に戻るのに、こっちの世界で起きている戦争に介入して危険を冒すなんて、バカバカしいにもほどがあるじゃないか？　僕は、『呪蝕ノ秘毒』の話を聞いて、心底頭にきたんだ。この世界の教会は腐ってるって。絶対、連中の思いどおりにはさせないって。そう考えてしまうほどに僕はこの世界に愛着があるんだ」

「………」

「だから、戻るかどうか迷うなんてこと自体があまりにバカバカしいことだったんだ」

抱きしめる手に、そっとラヴィアの手が重なる。

すべらかで温かな手。

振り返ってみれば、冤罪（えんざい）で捕まった彼女の手を取ったときに、この世界で生きていく覚悟ができていたのかもしれない。

「僕はこの世界で生きていく」

その覚悟は、すでにできていたのだ。

「それで……いいの？」

「ああ。あっちの世界に未練は――」

ちらりと、たったひとり、自分のことを気にかけてくれた先輩のことを思い出した。

「――ないから」

だけれど彼女のことはもはや思い出にすぎない。

「ん……」

ラヴィアもうなずき、ふたりでずっと手をつないでいた。

確かに、教会関係者だけが使う「聖隠者の布教路」というのはとんでもなく便利だった。ルートのショートカットもさることながら、休憩地には替えの馬も用意されていて、どんどん先に進むことができるのだ。

ヒカルがポーンソニアの王都を出発してから、気づけば国境を越え、4日目の午前中には聖ビオス教導国の首都——教会では「聖都」と呼んでいるアギアポールへと到着した。

「すごいな……ビオスの街はどこも整然としている印象だったけど、ここは段違いだ」

ヒカルは南葉島に行くときにビオスの国内を通っただけだが、思わずそう言った。

全市街区は石畳の道が整備されており、掃き清められている。家々の壁材は白色の塗料で統一されており、ちょっとした汚れを落とすために、清掃作業員があちこちで働いている。

馬に乗り続けて風呂にもろくに入っていない2人の身体は汚れ、疲れ切っていた。ラヴィアもまた同じ状況なのだが好奇心のほうが今は勝っているらしく、

「白は美しさの象徴、っていうのが現教皇の教えなんですって」

「へぇ……」

あらかじめ調べていたのだろう、目を輝かせながらそう教えてくれた。

街のどこにいても巨大な城——教会が武力や権力の象徴である「城」を持つのはおかしいというので彼らは「塔」と呼んでいるのだが、どこからどう見ても「城」——が見え、ひときわ白い城壁と尖塔をさらしていた。

ここまで清潔な街並みは逆に落ち着かないな、と思いながら、ヒカルは冒険者ギルドを目指した。まずは情報収集だ。

冒険者ギルドもまた、今まで見たことがないほど清潔な建物だった。切った張ったの冒険者は、泥だらけ、血まみれで入ってくることも多いはずだ。つまりギルドの建物は汚れているのがふつうなのである。だがアギアポールの冒険者ギルドは他の街並みと同じく白い壁を保っていて、開け放たれている両開きのドアから中を見ると、中も掃き清められていた。

ヒカルとラヴィアが入っていくと、ヒト種族しかいないギルド内は閑散としており、冒険者が数人、端のテーブルでなにか話し合っているきりだ。

カウンターには3人の人間がいたが、誰もがキリッとした表情だった。そのうちのひとり、30歳前後かという男性が最初にヒカルに気がついた。人畜無害を絵に描いたような平々凡々のおとなしそうな男である。

彼はぎくりとした様子を見せたが、ヒカルとラヴィアが、フード付きマントに銀の仮面という得体の知れない格好だからだろう。

「情報を集めにきた」

突然現れたヒカルに、その職員はなにかを言いかけたが、ヒカルはあらかじめ用意してきたポーンソニア王国の紋章付き紹介状にメモ書きを添えて、カウンターに出す。メモには「声を上げるな。勘づかれる」と書かれている。

職員は紋章に目を瞠ると、

「街の外からお越しのようですね。お疲れでしょう、お茶でも淹れます」

うなずきつつヒカルたちを奥の小部屋へと案内する。百戦錬磨の強者、という感じがまったくしない職員だが、臨機応変に落ち着き払って対応できるのはなかなかだとヒカルは思った。

移動するヒカルたちを、ギルドの隅にいた冒険者たちがじっと見つめていた。

「……ここならば安全です。防音の魔術が組まれています」

小部屋に入ると職員は言った。

ヒカルはすでに「魔力探知」を展開して魔術式を読んでいた。壁面と天井に防音の魔術が確かに施されているが、床にはそれがない。地面を潜ってこられたら話は筒抜けになると思うが、地中には魔力反応がないので盗聴される心配はなさそうだ。

「あの冒険者たちは？」

イスに座るやヒカルがたずねる。職員は困ったようにうなずいた。

「朝から晩までああして座っているんです。教会から派遣されている者ですね」

「追い払わないのか」

「正規の冒険者ライセンスを持っていますし、ランクもCと高いんです。無下には扱えないんですよ。――こちら、拝見します」

職員はヒカルが渡した紹介状の封を切って中を確認し、何度もうなずいた。

「はい、事前に王国王都冒険者ギルドから連絡があったとおりです、シルバーフェイス様。あなたの身分はここでは確認しませんし、あなたに求められた情報は、今回の件……『呪蝕ノ秘毒』に関する限り必要な範囲ですべて開示します」

冒険者ギルドはすでに連絡を取り合っており、シルバーフェイスが今回の件で動いていることを知っている。

クジャストリア女王の有能なところは、真っ先にギルドに手を回したことだろう。これは冒険者ギルドだけではなく、行商ギルドなどにも同じだ。冒険者や行商人は街から街へと移動する。そんな彼らが毒に感染していたらどうなるか。

毒の拡散を未然に防ぎ、なおかつ必要なときに協力を求めるために、クジャストリアは連絡をとっておいたのだ。

「こちらとしては助かるが、いいのか？　アンタたちだってビオスににらまれたくはないだろう」

「冒険者ギルドは国家間の争いに関しては『中立』を旨としております。とはいえ仕事がやりにくくなるのは困りますがね。ことは私たちのビジネスパートナーである冒険者の命にも関わることですから」

「そうか」

人畜無害、平々凡々、と最初は思っていたが、堂々とした物腰といい、考え方に筋が通っているところといい、ひとかどの人物のようだ。

「ですが、シルバーフェイス様。我々よりも本件に詳しい人物を呼ぼうと思いますがよろしいですか？」

「我々よりも……？」

「はい。今から呼んで参ります」

職員が席を立って出て行く。念のため「魔力探知」で職員の向かう先を追うと、ギルドの建物を出ていった。どこかの建物に入ったようで、彼が接触した相手の魔力を確認してヒカルは、

「げっ、マジか」

「どうしたの？」

「……いや、予想もしなかった人がここにいたんだ」

結局10分ほどで、職員はひとりの人物を連れて戻ってきた。ヒカルと同じような黒のフードをかぶり、木製の仮面を着けている。ヒカルよりも握りこぶしひとつぶんは背の低いその人物は、

「ご紹介します。こちらはクインブランド皇国からお越しの……」

「ウッドフェイスじゃ」

木製の仮面から見えている口元がにやりとしたが、

（なにやってんだよ、ウンケンさん）

ツッコミを入れたい気持ちをヒカルはぐっとこらえた。

「それでウッドフェイス。『呪蝕ノ秘毒』を製造している工房、特効薬を製造している工房、保管庫、それぞれの場所は判明しているのか？」

「なんじゃ、もうちょっとは驚いた顔をしろ。この仮面を彫るのにだいぶ時間をかけたのじゃぞ」

ウンケンはがっかりしたように仮面を外したが、なにも知らされていなかったラヴィアは「え？　え？」とウンケンの顔とヒカルの顔を見比べている。

「なんじゃ、そっちはわからんかったのか。ならもう少し着けておけばよかったか……」

「ウンケン殿、シルバーフェイス様を驚かせる作戦は失敗ですね」

「いやはや、時間の無駄であったな、ギルドマスター殿」

その言葉にヒカルは驚いた。この男性は職員かと思っていたが、ここのギルドマスターらしい。しっかりしているとは思ったが、それにしてはずいぶん若い。

「では本題に入るとするか。お主の言ったとおり、毒の製造場所、特効薬の製造場所、特効薬の保管庫についてはほとんど判明しておる。じゃがな、一度侵入を試みたが、失敗したのじゃ。警備はより厳重になり、二度目のチャレンジができないでおる」

「アンタが行って、失敗したのか？」

ウンケンも「隠密」を使えるはずだ。

ヒカルはウンケンのソウルボードを呼び出してみる。

【ソウルボード】ウンケン＝フィ＝バルザック　年齢211／位階51／53
【生命力】
【自然回復力】2／【スタミナ】5／【免疫】―【魔法耐性】1
／【知覚鋭敏】―【嗅覚】1・【味覚】2
【魔力】
【魔力量】6

【筋力】
【筋力量】9／【武装習熟】―【小剣】6・【弓】3・【投擲】4・【鎧】2
【敏捷性】
【隠密】―【生命遮断】2・【魔力遮断】2・【知覚遮断】2・【集団遮断】1
【器用さ】
【器用さ】3／【道具習熟】―【薬器】2
【精神力】
【心の強さ】3
【直感】
【直感】4／【探知】―【生命探知】1

相変わらず高いレベルのソウルボードだ。この世界で「隠密」系統のレベル2を持っているのは相当な腕前だと言っていいだろう。

「うむ……腹立たしいことこの上ないが、ワシが行ってどうこうなることではなかった」

「それほどの手練れが守っているのか」

「違う。トラップがある」

「トラップ……」

ヒカルはダンジョンに設置されている、踏んだら罠が発動する床や、前を通ると火を吐いてくる石像なんかを思い出した。

「ダンジョンのそれとはまったく違う発想でな、最初の侵入ではいいところまでいったのにワシらの侵入がバレてしまった。なんとか逃げ帰ったが、その後トラップを増やされ、さらには警備が強化されてのう」

「ふむ……ってちょっと待ってくれ。『ワシら』？　他にも誰かいるのか？」

「当然じゃ。ひとりでできることなど限界がある。お前さんには一度会わせたほうがよかろう。ではこれで失礼するぞ、ギルドマスター殿」

立ち上がりながら言ったウンケンに、ギルドマスターが苦笑する。

「『ギルドマスター殿』と言われますが、あなたも同じ立場でしょう」

「格が違う。ポーンドのような小さな街と、聖都のマスターではな。ついてこい、シルバーフェイス」

ウンケンに連れられて、ヒカルとラヴィアはギルドを出ることになった。ただしウンケンは裏口から、ヒカルは正面の出口から。

ギルドのロビーでマスターが一芝居打った。

「お役に立てず申し訳ありません」

「いい。ダンジョンの情報が更新されていなかったのは残念だ……」

怪しい風体の仮面男はダンジョンの情報を集めに来た、というフリをしたのだ。

ギルドを出たところでさっさと「隠密」を使い、ウンケンとの合流地点へと急ぐ。

実のところシルバーフェイスという存在は、アインビストで行われた「選王武会」にて認識されている。ビオスの関係者だった冒険者ライバーを撃退したことからも、ビオスの上層部は敵対勢力だと考えているはずだ。

冒険者ギルドにいた教会のスパイたちは、きっとこの情報を持ち帰るに違いない。こんな三文芝居で騙しきれるとは思えないが、やらないよりはやっておいたほうがいい。

裏通りで「隠密」を解除し、ウンケンと合流。ウンケンに連れられて向かった先は、聖都アギアポールをぐるりと取り囲む白い城壁だった。

「こっちじゃ」

さすがに城壁ほど大規模になると掃除も行き届かないのか、ところどころ白の塗料が剥げ落ちていたり汚れが残っていたりする。木製の粗末な小屋に入ると、そこには地下へと続く階段があった。

地下通路を数分歩いて抜けた先には木こり小屋があり、周囲は森になっていた。

「検問を使わずに出入りできるルートがあるのか」

「うむ。でなければ皇国のスパイが活動なんぞできんわ」

そういえばさっき、ギルドマスターがウンケンのことを「クインブランド皇国から来ウンケンを、ポーンソニア王国のギルドマスターだと知った上でそう紹介しているのだ。

「……アンタがクインブランドのために働いていることは、みんな知っているのか？」

確か、ポーンドのギルド受付嬢フレアは、疑惑はあるものの確信はないみたいな感じだったはずだ。

「ここのマスターは特別じゃ。特別優秀での、すぐに見抜かれたわ。ああいうのが出世するんじゃろうな」

「ふぅん」

ソウルボードを確認しておけばよかった、と思っていると、

「お主のよからぬ魔術は使わぬほうがいいぞ。あやつは勘が鋭いからな」

「うっ……」

そういえば、初対面のときにウンケンのソウルボードを確認して、勘づかれたことを思い出した。「直感」レベルの高い人間に使うときには注意が必要だ。

「ワシも、そこまで熱心に皇国のために働いているわけではないぞ。一応言っておくが」

「どう見ても熱心だけどな」

「ポーンソニアの情報を流しているわけでもない。ただ、昔からの付き合いで皇国のために一肌脱ぐことがある程度じゃよ」

「必死に言い訳しなくてもいいけど」

「必死じゃないわい」

「ふーん？」

「お前という小僧は……！」

「もう、ふたりともやめて。仲良しなのはわかったから」

ラヴィアが呆れたように言うので、

「仲良しなんかじゃないけど!?」

「仲良しからはほど遠いわい！」

ふたりで口々に言った。

と、その小屋へ、数人の人影が音もなくやってきた。

「――ウンケン、どういうことだ。なぜここに部外者がいる」

ウンケンと同じ背格好なので、同じマンノーム種族なのかもしれない。彼らが皇国のスパイ仲間だった。

「部外者というならポーンソニアに住んでいるワシも同じことよ。それよりこやつを見て気づかぬのか？」

「なにぃ……？　こんな銀の仮面知るわけが……いや、まさか銀の仮面!?　シルバーフェイス……!?」

スパイたちはハッと息を呑む。

ヒカルは、どうやら気づかないうちに名前が売れていたらしい。「選王武会」であれだけ目立ったことをすれば、各国のスパイに名前を知られるのは当然かもしれないが。

(それにしても反応が大げさだな)

ヒカルは気づいていないが、衆人環視の「選王武会」で「隠密」をうまく使いながら立ち回った彼は、スパイたちにとって注目に値するのだ。知らないうちに噂の的になっていたのである。

「シルバーフェイスはアインビスト側の戦士だと聞いていたが、皇国に協力してくれるのか?」

「……おれはビオスのやり方が気にくわないから動いているだけだ。その結果、皇国を助けることになるかもしれないが、それはたまたまのことだ。——あと一応言っておくが、別にアインビストとつながりはない」

「ではどこの国の者だ」

「おれはどこにも雇われていない。自由の身だ」

「ふん。冒険者のようなことを言うのだな」

まったくそのとおり冒険者なのだが、スパイ活動をする人間はどこかに「所属」していなければおかしいという固定観念があるのだろうか。

「シルバーフェイスは姿を消す魔道具を持っていると聞いているが、警備をかいくぐったとしても侵入は難しいぞ」

「トラップのことだろう？　ウンケンから聞いた。トラップならばなんとかなると思う」

「……たいした自信だな」

「おれがしくじったところでアンタたちにはなんの損害もないだろう。情報をくれ。おれが特効薬をかき集めてくる」

スパイたちは顔を見合わせていたが、

「……わかった。特効薬を手に入れられるのであれば、悪魔にでも情報を売ろう」

悪魔って――。

この銀の仮面が不気味さをそそり、悪魔感が出ているのだろうかと、ヒカルはそんなことを考えた。

◇

アインビスト軍とビオス軍はにらみ合いのまま数日が過ぎたが、先に動き出したのはアインビストのほうだった。

「行くぞてめえら！　俺についてこい!!」

ゲルハルトの巨体を支える馬は、脚が6本ある特別な種だった。8本脚のスレイプニルという馬が北欧神話に出てくるが、この世界では6本脚の馬はさほど珍しくはない。速度は出ないものの、大型化しやすくどっしりと安定していて乗りやすい。

アインビスト軍は馬に乗っている騎士よりも歩兵が多いので、速度はあまり重要視されていなかった。

（結局、しびれを切らしたのはこちらだった）

馬に乗ったジルアーテは一抹の不安を拭いきれない。

（だが、向こうが展開しているのも平地だ。伏兵がいるとも考えにくい）

アインビスト軍は真っ直ぐにビオス軍を目指す。

向こうは向こうで、アインビストが攻めてくるとは思っていなかったのか、慌ただしく動いている。

空濠と木材のバリケードができているが、防御陣などはその程度だった。

地面を揺るがす足音、喚声と悲鳴が上がり、金属のぶつかり合う音が響き渡る。砂塵が舞う中、ジルアーテは敵陣へと踏み込んだ。

「中央を突破する!!」

馬上の彼女は、ひときわ目立つ砂色のマントをはためかせていた。彼女がカットラスで前方を指すと、獣人兵たちの士気は最高潮に高まり、当たるを幸いとビオス兵を切り伏せていく。

押している。

奥に、テンプル騎士団が見えた。きらびやかな鎧は遠目にもはっきりとわかる。

目と鼻の先までアインビスト軍が攻め込んでビオス軍と戦っているというのに、テンプル騎士団は動いていない。

彼らは自陣の後方を気にしているようだった。

（後ろ？　いったいなにが――）

テンプル騎士団のさらに向こうへと視線を投げていると、

「ジルアーテちゃん、あぶねえ！」

「ッ！」

矢が降り注いできたそこへ、黒豹の獣人が馬を走らせて切り込んでくる。彼が長槍を振り回して矢をはたき落とした。

「ボーッとしちゃダメだぜ！」

「すまない……だが、敵の動きが気になる。お前はなにか気づいたか、テンプル騎士団の向こう……に……ッ!?」

言いながら、ジルアーテは目を疑った。

テンプル騎士団から歓声が上がる。

その向こうに現れたのは、騎士たちだ——騎士たちが空を飛んでいる。

「な、な、な、なんだありゃあ⁉　翼が生えてんぞ⁉」

黒豹の獣人が素っ頓狂な声を上げるのも無理はない。

テンプル騎士団の鎧をまとったその者の背中に、大きな白い翼が６枚、生えているのだ。それをはためかせて空へと舞い上がっている。

その数、数十。

『ヒトもどきどもに告ぐ』

魔道具によって拡大された声が聞こえてきた。

『我がテンプル騎士団において、教義への功績が著しいと認められた選ばれし騎士たちが、このように天使へと進化した。天使による攻撃は天罰と心得よ』

飛来する翼の生えた騎士が、槍を振り下ろす。剣を投げ落とす。精霊魔法を降らせてくる。

こんな戦い方は前代未聞で、いかに身体能力に優れた獣人兵とはいえ対処できず、被害が拡大する。

押し込んでいたアインビスト軍はこれで形勢が崩れた。

「落ち着けェッ！　あんなもん飛んでるだけのただの人間だろぉがあああ!!」

ゲルハルトが吼えるが、混乱したアインビスト軍は収拾がつかない。もともと軍として動くように訓練されているわけでもなく練度も低い彼らは、一度崩れると弱いのだ。

そばにいた軍の幹部が、ゲルハルトにそう進言するや、

「チッ……一度引き返すぞ！」

彼は即座にそう決め、リーンゴーンリーンゴーンと退却の合図の鐘の音が響き渡る。

ビオス軍はこのチャンスを逃すまいと追撃を仕掛けてくる。

「殿軍(しんがり)は私が務める!!　お前ら、ついてこい!!」

ジルアーテは自ら危険な任務を買って出た。殿軍は食らいついてくる敵の追撃をさばきながら、自らも撤退しなければならない。

彼女自身が比較的冷静だったのと、彼女に任せられている兵士が１００名と少数ながら精鋭がそろっていたことで、ビオスの追撃を退けることに成功した。

それでも、空飛ぶ騎士の襲撃で彼女の部隊のうち30名が死に、残りの半数が重いケガを負った。


夜になると、自陣に戻ったアインビスト軍には重苦しい空気が漂っていた。獣人たちは調子に乗っているときには強いが、一度くじけるともろい。

最後に陣へと戻ってきたジルアーテは、急いでゲルハルトの天幕へと向かう――と、

「アァッ!?　このまま黙っていられるわきゃねえだろうが!!　連中は絶対にブチ殺す!!」

ゲルハルトの怒声と、なにかが壊れる音が聞こえた。

「――何事ですか、盟主」

ジルアーテが入っていくと、軍の幹部や各種族の代表たちが、ホッとした顔を見せた。

彼らの盟主であるゲルハルトがカッとしやすいことは周知の事実だ。だがゲルハルトはジルアーテが副盟主になってからというもの、彼女の意見に耳を傾け、一時の激情に流されて決断することが減っていた。

実のところ、それだけでもジルアーテが副盟主となった功績なのだが、これを知っているのは上層部のごく一部だけである。

「ジルアーテか。部下はどうだ」

彼女に気づいたゲルハルトは突如、叱られた少年のような、切なそうな顔に変わった。

ジルアーテの鎧（よろい）もマントも泥と血で汚れており、顔を濡れ手ぬぐいで拭っただけの姿だった。彼女が機転を利かせて殿軍（しんがり）を務めてくれたおかげで、退却の被害が最小限に抑えられたことは、ここにいる全員がわかっている。

「30名が死亡、重傷者も多く出ております」

「……よくやってくれた」

「はっ。その言葉、ぜひとも彼らにかけてやってくださいませ。すべてが報われると存じます」

「わかった。今から行ってくる」

「い、今からですか？」

止める間もなく、ゲルハルトは天幕から出て行ってしまった。ジルアーテが唖然（あぜん）としていると、

「ジルアーテ様、退却時の采配、まことに見事でございました。敵は騎馬が多く脚が早い。あなた様が行動してくださらなければ、さらに多くの犠牲が出ていたことでしょう」

ヒゲの長い亀人族の代表が言った。背中に甲羅を背負っているが、硬くて軽いらしい。

ジルアーテは着々と、副盟主としての地位を確固たるものにしていっている。本人はそんなつもりもないし、殿軍を務めたこともその場で思い立って行動したことではあるが、そうした下心のなさが獣人たちには好ましく見えるのだ。

「選王武会」ではその強さを見せつけ、南葉島のダンジョンでは巨大な精霊魔法石を見つけ、アインビストにもたらした。あの精霊魔法石は、強力な水源として利用されることになっている。

ただ——ジルアーテ自身は、「まだまだだ」と思っていた。「選王武会」でも南葉島でも、シルバーフェイスに助けてもらってばかりだった。ジルアーテはせめて「選王武会」で暗躍した冒険者ライバーたちとビオスとのつながりを証明したかったが、証拠はなく、かのパーティーのリーダーであるイグルー＝フルブラッドも姿を見せないままだった。

もどかしい。もどかしいからこそ、一生懸命にもなる。

だが焦りは禁物だ――いつも自分に、そう言い聞かせている。

「それで、盟主はなにを怒っていらしたのだ」

ジルアーテは亀人族の代表にうなずきながら聞く。

「明日、総攻撃をすると仰せでした。しかし我らは、あの翼の騎士への対抗策がないまま向かっても今日と同じではないかと申し上げ、その結果、お怒りになりましてな」

「……それは、そうだな」

他の者もため息をついている。

ゲルハルトの悪いところが全部出ているようだ。ただがむしゃらに攻めるというのは「勇気」ではなく「無謀」でしかない。

ただそれでも、殿軍（しんがり）として戦ってくれた兵士へ感謝する情の厚さがあるからこそ、ゲルハルトは盟主として成り立っている。

「あの翼の騎士について情報を持っている者は？」

「誰もおりません。あのような騎士は、見たことも聞いたこともありません」

「そうか。私もあのとき最前線にいて見ていたが、テンプル騎士団はしきりに後方を気にしていた。翼の騎士が戦線に投下されるのはあらかじめ決まっていたのだろう」

「あれはほんとうに天使……神の使いなのでしょうか？」

軍の幹部のひとりが言うが、

「バカを言うな。あれは騎士に翼が生えただけだ。大体、神がヒト種族だけを優遇するのならば、どうして連中も我々も同じ『加護』が与えられるのだ？」

ソウルカード、ギルドカードの「加護」は、明確に神からの贈り物であることが記されている。種族による優遇の差などはまったくない。

「しかしですなぁ……人間に羽が生えるなぞ聞いたこともございませんからな」

亀人族の代表がヒゲをしごきながら唸ると、他の者たちも黙りこくった。

この空気はマズイ、とジルアーテは感じた。彼らは部隊の長であり、種族の長だ。そんな彼らが沈鬱な顔で部隊へと戻っていったらこの空気は伝染する。

「いいか。どのような理由で翼の騎士ができているのかわからないのは事実だ。だが理由はわからずとも対策はできる」

「対策……でございますか？」

「うむ。あれは翼があるだけの、テンプル騎士団の騎士だ。空を飛んでいる以外はただの騎士となにも変わらない。それは殿軍で戦った私がはっきり確認している。むしろ翼の扱いに慣れていないように感じられた」

ジルアーテの言葉にようやく希望を感じたのか、全員が一言も聞き逃すまいと耳を傾ける。

「この中で弓の扱いに長けているのは？」

たずねると、翼人族の代表がひっそりと手を挙げる。そう、獣人の中にも翼を持つ者はいるのだ。だが彼らの翼は羽ばたくためというよりも「滑空」するためのもので、飛行距離はそう長くない。

「我ら種族に200名ほどおります」

「十分だ。その全員に、射手として翼の騎士排除に当たってもらおう」

「しかし軍では弓矢の使用を控えております」

「……なんだって？　そのような規律はないはずだぞ、私は軍規を何度も読み込んだ」

聞いてみると、獣人は身体を張ってナンボであり、遠くからちまちま矢を撃ち込むのは「カッコ悪い」という理由だった。ジルアーテは、めまいがしそうになるのをぐっとこらえて言った。

「弓矢は優秀な武器だ。それに弱くもなんともない。『選王武会』であの忌々しいライバーが使っていた弓矢をみんな覚えているだろう？」

ライバーはビオスから送り込まれてきた冒険者ではあったが、熟練の弓矢の使い手として名を馳せてもいた。

「確かに……」

「あれほどの使い手はなかなかおらんな」

「腹は立つがヤツは強い」

　各種族の代表たちは口々に言う。

「選王武会」の場外でジルアーテを狙撃してきたのもライバーだ。そんなライバーを倒したのはあのシルバーフェイスである。

（彼ならきっと……仲間が弱気になっている場面ではこうする）

　シルバーフェイス、ヒカルのことを思い出しながらジルアーテは言葉を紡ぎ出す。

「翼人族の弓矢が作戦の要だ。20人ずつの部隊に分けて翼の騎士を1人ずつ集中狙撃で倒す。できるか？」

「ご命令とあれば」

「期待している。そして敵は翼の騎士が狙われているとわかると、翼人族を排除しようと攻撃をしかけてくるだろう。この翼人族と行動をともにし、彼らを守る戦力が必要だ。そう、我が軍最高レベルの戦力が。誰か立候補者はいないか」

　我が軍最高レベルの戦力、という言葉に全員が目の色を変える。

「ウチです！　最高と言われれば、第1兵団以外にないでしょう！」

「守る戦力ならば亀人族も負けてはおりませんが」

「いやいや、翼人族のことをよく知っているのは、ふだんから連携をとっている我ら牙狼族です」

やいのやいのと言い争いが始まる。

だがその言い争いは、負けてネガティブになったからではなく、我こそが最強と言いたいがための前向きなものだ。

翼人族は翼人族で、ジルアーテに「期待している」と言われて自尊心がくすぐられたのだろう。胸を張っている。

「――わかった、わかった。ではみんなの言い分を聞いた上で、この作戦についてゲルハルト様に申し上げよう。どの部隊が翼人族を守る名誉を得るかはわからないが、恨みっこなしだぞ」

言うだけ言って満足したのか、全員が天幕を引き上げていった。

ふー、と息を吐いてからジルアーテが休息していると、しばらくしてのっしのっしと肩を怒らせたゲルハルトが戻ってくる。

「ジルアーテ！　お前、どういうつもりだ！」

「どう、とは？」

「作戦を勝手に決めちまったと聞いたぞ!!　お前は副盟主だが、それほどの権限を与えたわけじゃねえ！」

ここに戻ってくる前に、誰かから話を聞いたらしい。

「作戦を……？　それはなにかの間違いではありませんか？」

「なにぃ？」

ジルアーテは懇切丁寧に作戦の内容を伝え、最終的にはゲルハルトが決定するとみんなにも言ってあると伝えた。

「むう、確かに、俺が翼人族の守備部隊を決めるとは言っていたが……」

なんだか煮え切らない様子のゲルハルトに、ジルアーテは告げる。

「盟主。おっしゃるとおり明日にもまた出撃すべきです。でなければ軍全体の士気が大きく下がりますから。私が考えたのは翼の騎士対策の一つでしかありませんし、他にもアイディアがあるようなら募ってみてもよいかとは思います。が、翼の騎士の正体が知れない以上は弓で落とすのが最善かと思います」

「それはそのとおりだが……」

あと一息でゲルハルトは納得する、とジルアーテは思う。この盟主にはいいところは数多くあるのだが、いかんせん気まぐれでワガママだ。自分のいないところで話が進んでしまったことでスネているのだろう。

「盟主。私の部下はなんと言っていましたか」

「あ？　あぁ……喜んでいた。涙を流している者もいた」

思い出したのか、すん、と小さくゲルハルトは鼻をすする。彼らの忠義に感動しているのだ。

「部下たちは、あんな翼が生えた騎士ごときに盟主が屈するとは思っていません」

「当たり前だ。負けるわけがねえ」

「あれはこけおどしです。それを盟主自らのお言葉で、兵士たちに伝えていただけませんか」

「……あんんあものは弓矢で射落とせる、少々うるさいカラスだ、ってか」

ゲルハルトは、ふーと息を吐いた。

「ジルアーテ」

「はい」

「今回はお前の企みに乗ってやる。だが今後は事前に俺に話せ」

「……はい」

すべてお見通し、ということか。

「じゃなきゃ俺も寂しいだろうが……」

「えっ？　なんですって？」

「なんでもねえ！　忘れろ！」

のっしのっしとゲルハルトはまたも外へと出ていった。

寂しい——と彼は言ったのだろうか。ジルアーテが勝手に話を進めたことでスネているのではなく、寂しいと彼は感じていたのだろうか。

それではまるで、子どもの成長を目の当たりにした親のようではないか。

「ふふ。面白いことを言うものだ」

アインビストで最強の名をほしいままにしているゲルハルトだが、意外な一面を見た気がして、ジルアーテは小さく笑った。

聖ビオス教導国の中央に位置している「塔」——ここの最高責任者であり教義のトップでもある教皇は、第2戦でアインビストを敗走させたという報告を受けてうなずいた。

「亜人どもを殺せるのであれば、そのまま『天使化計画』を進めよ」

「はっ……。しかし天使化に失敗した者はどうしましょう。彼らは自我を失いつつあり、非常に危険な状態です」

報告していたのは大司祭のひとりだ。

教皇と対面するときは跪き、頭を垂れている。暗褐色の髪は眉の上で切りそろえられ、後ろ髪は耳からうなじにかけてきれいに「U」の字が描かれるように整えられていた。

室内は完全に外からの光が遮断されているが、壁面に置かれた数々のロウソクがゆらゆらと光を放っている。天井に埋め込まれた宝石が星のように輝いていた。

「けしかけて亜人どもを殺させよ」

「は……？」

「亜人を殺す者は神に仕える者である。彼らがその崇高なる任務に殉じることがあれば、神によって祝福されることであろう」

「………」

「なにをためらう、ルヴァイン大司祭よ」

ルヴァインは、線が引かれたような眉の下、切れ長の目を瞬かせながら言った。

「……かしこまりました」

「それでよい。また、ランナには例の件も急がせよ。そのためにあやつをこの『塔』においておるのだ」

「はっ」

ルヴァインは部屋を後にした。

廊下に出ると、窓から太陽光が差し込み、白く塗られた廊下を明るく照らしている。明暗のギャップに、その端正な顔をしかめながら大司祭は歩く。

（天使化などといっても、所詮は錬金術の応用魔術で、人間と鳥を融合させているだけではないか。あれはただの合成獣（キメラ）だ。戦力的に機動力が上がっているといっても、半分以上が失敗している。大体……キメラと亜人とどこが違うというのだ）

無論、そのようなことを教皇の前では口にしない。

(彼らは進んで実験に立候補したのに、まるで失敗したから捨てるように、亜人に向かうようにけしかけろなんて……教皇聖下は乱心なさっている)

彼は部下に指示を出しながら、この国の、この宗教の行く末を憂えずにはいられなかった。

大司祭の中でもルヴァインは、ひとり際立って若く、まだ20代の後半だった。

幼いころから淡泊な性格をしており、他者への興味が薄く、刃物を持った冒険者同士のケンカに遭遇しても顔色ひとつ変えない彼は、周囲の大人から「いずれ大物になるぞ」と言われていた。

ルヴァインが大司祭の地位に就いたのは「偶然」の要素があまりにも多い。

父が地方の司祭であったルヴァインは、幼いころから自然に、自分が将来教会で働くようになることを受け止めており、神学校でも極めてよい成績を修めることができた。

神学校を卒業後修道士となったルヴァインは、聖都アギアポールの教会に引き抜かれた。お務めを始めてまだ日も浅いころ、たまたま「塔」に用事があって内部に入ったときに、司祭同士の口論を耳にした。中央司祭と地方司祭との口論だ。

とある聖人が語った教義に関する議論で、地方司祭は饒舌で中央司祭を言い負かしていたが、主張する内容はよくよく聞いてみると、こじつけも甚だしいものだった。

「あの、すみません」

思わず口を出してしまったルヴァインは、理路整然、立て板に水のごとく地方司祭を論破した。中央司祭はこれにいたく感謝し、ルヴァインを助祭に任じ、自らの側においた。

その司祭は人間はよくできていたが、中央の政治的な動きにはついていけない、「塔」においては日陰者の存在だった。そんな彼でもルヴァインはイヤな顔ひとつせず、数年間よく仕え、ともに祈った。

その後、日陰者だった司祭は、長年教会のために尽くした功績ということで「名誉大司祭」の地位を2年間与えられることとなった。これは「慰労枠」と呼ばれるもので、大司祭の名を持ちながらも権力は与えられない、そのものずばり「名誉職」だった。

そんな名誉大司祭にも、ルヴァインはかいがいしく尽くした。

特に下心があったわけでもない。単にルヴァインには欲がなかったのだ。

「この人にはお世話になったから恩返しをしよう」「あの人は不遇だから助けてあげよう」

——その程度の、「聖人」だなんて呼ぶのもおこがましいような小市民的な感情を持っていたにすぎない。

だがこの名誉大司祭には、ルヴァイン以外に「大司祭」と呼んで親しんでくれる者もいないため、たいそう喜んだ。そんな名誉大司祭にも**たった**ひとつだけ武器があった。それは過去に、「名誉」が上につかない現役のふつうの大司祭を指導していたことだ。名誉大司祭は2年で任期が切れるが、その間に世話をした大司祭のところを訪れ、「ルヴァインを引き取ってやってくれんか」と頼んだのだ。

若く忠実な手駒を欲しがっていたその大司祭は、何年も見限ることなく名誉大司祭に仕えてきたルヴァインを引き取ることにした。こいつは絶対に裏切らないと信用したのだ。

ここでもルヴァインは実直に働いたが、他の司祭とは違って、多くの助祭を抱えて派閥を作ることもなく、次の大司祭になる目はなかった——そもそも若すぎた。

だが、大司祭は突然の病で倒れた。

ルヴァインの「幸運な偶然」がまた働くことになる。後を継いで大司祭に昇進すると目されていた司祭は娼館の女を連れ込み、激しいプレイの結果女に大ケガを負わせてしまい、地方に追放された。その次に力のあった司祭は大司祭が本来受け取るべきだった寄付金をちょろまかしていることが露見し、大司祭からはにらまれていた。

病床の大司祭はそこで初めて、「人はいつか必ず死ぬ。そのときに金も名声もなんの役にも立たない」という真理に気がつき、「そのとき救えるのは敬虔なる信仰だけだ」と、聖書の1ページ目に書かれていそうなことを言い出した。

「次の大司祭はお前だ、ルヴァイン。無欲なお前こそ皆の模範となる」

特に深い意味もなく、他者と距離をおいていただけのルヴァインを、まだ20代半ばだった彼を、異例にも抜擢した。

「なんで私が大司祭に……」

　大司祭になってもルヴァインの働きぶりは変わらなかった。

　淡々と、黙々と、粛々と、実務をこなしていく。ただ、教会のトップである教皇と接点が増えたのは厄介だった。教皇の下す「無茶振り」はあらゆる大司祭が嫌がり、結局ルヴァインが全部抱え込んだ。

　ともすると増長するテンプル騎士団の団員たち。

　教皇が独自解釈した「亜人討伐」の旗印を正当化するための理由付け。

　モンスターによる襲撃被害の補填や対応。

　債務超過になった教会の救済――しかも国庫から金を出してはいけないという。

　金を持たない貧民を相手にした無償の治療――これがいちばんきつかった。治療を欲している者は多く、それも「無料」でやってくれるとなれば大勢が押し寄せる。この無償治療のおかげで魔力が枯渇したことは一度や二度ではない。むしろ月に数回あるくらいだった。人にもよるが、ルヴァインは魔力枯渇になると信じられないほどの気持ちの悪さに襲われ、呼吸困難にもなる。おかげで彼は「回復魔法の名手」とまで呼ばれるようになったが、それはさらなる患者を呼び寄せるだけだった。

「大司祭による無償の治療」と銘打ってしまうと、暴動でも起きるのかというほどに人が集まってしまうので、身分を偽ってルヴァインは治療を続けた。

一方で、各地を回って適当な祈祷を捧げて大金をせしめるような「美味しい仕事」は全部他の大司祭が持っていった。そのぶん、ルヴァインは他の大司祭から疎まれることもなく、大司祭同士の争いにかかわらずに済んだのはよかったが。

それでも、今回の仕事はいちばん厄介だった。

教皇がやらせている「先端研究」は大量殺戮兵器の開発にほかならない。これほどの殺戮を許した聖人などいまだかつていなかった。

自分が、その片棒を担いでいると思うと、反吐が出そうだ。

それでも誰かがやらねばならなかった。ルヴァインが逃げたところで他の司祭が——野心の塊のような司祭が——大司祭に立候補して、人殺しの道具を作るだろう。

彼にできることは限られている。

「……特効薬を作らせるくらいしか、できないものな……」

三十路前にしては疲れ切った彼の言葉を、聞いた人間はいなかった。

◇

神より遣われし騎士が、アインビスト軍を敗走させる——という情報は、ヒカルがクインブランド皇国のスパイたちと打ち合わせをしていたところへ飛び込んできた。

「敗走……被害は⁉」

「落ち着いて」

突然の情報に焦るヒカルをラヴィアが押さえると、スパイ仲間が言った。

「実数はわからんが、さほど大きな被害は出ていないようだ。その証拠にテンプル騎士団は深追いをせずに引っ込んだ」

「そうか……」

ジルアーテは戦場にいるのだろうか。副盟主という立場だから、いるに違いない。

落ち着け——ここで焦っても仕方ない。むしろ自分がやろうとしていることは、前線にも影響を与えるはずだ。

ヒカルは自分の胸に手を当てた。

大丈夫だ。自分は、冷静だ。

今はなすべきことをやろう。ヒカルはスパイたちに特効薬を届けることを約束し、半信半疑ながら彼らもまた運搬準備を整えると約束した。

「今回、君の出番はないと思う。だから……」

「うん。宿で待ってる」

ラヴィアはすんなりと納得してくれた。

潜入ミッションはひとりのほうが動きやすい。

夜は更け、先ほど日付も変わった。

街灯は煌々と光っているが、外に人影は少ない。そこを「隠密」を全開にしたヒカルが音もなく駆けていく。

目指すは「塔」だ。特効薬は「塔」の内部にある倉庫に格納されているという。「塔」内部は教会関係者とて一部しか知らないのだが、皇国スパイたちは大まかなマップを作り上げていた。

「さて……それじゃ行こうか」

建物の陰にいるヒカルが見据える先には、この世界では珍しくライトアップされた白亜の城壁、そして尖塔がある。

ヒカルの姿は闇に溶けるように見えなくなった。

第24章　禁忌の魔術師

「塔」の城壁はゆるやかなカーブを描いており、上から見ると敷地全体は「L」の字になっている。その広さはとてつもなく、ヒカルが根城にしている衛星都市ポーンドくらいは余裕ですっぽり収まる。常時駐屯している部隊は千人ほどだが、さらに教会関係者とその家族や使用人たちが2千人ほどいて、なお十分な余裕がある。

周囲は満々と水がたたえられた水堀にぐるりと囲まれている。水堀の幅は50メートルにもなろうか。夜になると吊り橋はすべて上げられ、侵入できる経路は正面の大橋だけだ。この大橋は石造りで、夜間にはテンプル騎士団がバリケードを築き、周囲には投光器まで設置されている。

バリケードのそばにはよく磨かれた、芸術品のようなプレートメイルを着込んだ騎士が立っていた。

「夜は少しずつ冷えてくるからたまらんな。夜間の歩哨まで俺たち騎士団がやるのはどうなんだろうね」

「まあ、ちょっと前に侵入されてしまったからな……これくらいやっておかないとマズイだろう」

「とはいっても俺たちはテンプル騎士団だぞ？」

「変な愚痴を言うなよ。団長が怒るぞ。ただでさえあの人ぴりぴりしてるんだから」

「そうなのか？『次は大司祭になる』って鼻息荒いって聞いたけど」

「そのはずだったんだけど、ほら、南の島に派遣した一隊が獣人に捕まっただろ？　アレでめっちゃ教皇聖下に怒られたみたいでさ……」

そんなおしゃべりをするくらいには彼らの気も緩んでいる。周囲に建物はなく広々とした大通りがあるだけなので、それも当然だろう。最も近い建物だって30メートルは離れているし、そこまで十分な光があるのだから、侵入者があればすぐにわかるのだ。

（油断しすぎだな。僕にはありがたいけど）

前回、クインブランドのスパイが侵入を試みたときには出入りの商人に化けたらしい。そのときは真昼で、交通量もかなりあったという。

（さて……だからといって、橋を正面から渡るわけにはいかないな）

ヒカルの「隠密（おんみつ）」というスキルは、その効果範囲にいる人間から「察知されなくなる」という能力だ。だから橋を堂々と歩いたら、すぐそこの騎士には気づかれないとしても、「塔」の敷地内にある監視塔からは気づかれる可能性が高い。橋は白く掃き清められており、ヒカルの服装は黒っぽいからなおさらだ。

(狙うのはあそこだ)

きゅっ、と薄皮の手袋を手にはめる。

少しでも影になる場所を目指した。監視塔からの死角である水堀に面する手すりの影の中を、身をかがめて走る。正面には騎士たちがいるがこちらには視線を向けることもない。足音を消して走る訓練は、ウンケンの下でしっかりとこなしてきた。

ヒカルは橋に近づいたところでひらりと手すりを乗り越える。騎士までの距離はすでに10メートルほどだが、やはり彼らは気づいていない。

そのまま手すりを蹴って跳躍した。

(ほっ)

ヒカルは、橋桁に飛びつくと、そのまま橋の裏面へと潜り込んだ。

(くっ、これはキツいな)

橋の構造は単純で、橋脚が2か所ほどあり、平らな橋桁が乗っかっているだけだ。

その橋桁を補強するためか、巨大な鉄骨が橋の裏に3本通されており、ヒカルはそれにぶら下がった形である——ナマケモノのように。

橋の裏側はさすがに掃除などはされておらず、鉄骨にはホコリが溜まっている。この世界でこれほど巨大な鉄骨を造っていることに驚きつつも、ヒカルはずるずると進んでいった。ソウルボードの「筋力量」に2が振ってあるおかげで、自分の体重を支えるくらいはなんとでもなる。

15分ほどかかったが、無事に反対側にたどり着いた。橋桁からするりと抜け出すと、すぐそこには正門がある。だがこの時間は鋼鉄で補強された扉で閉ざされていた。

その横に通用口があり、ヒカルはそこに飛び込んだ。抜けた先では1人の兵士がイスに座ってうたた寝している。

（中に入ってしまえばこっちのものだ）

正門脇の詰め所と城壁の間にある細い通路へ入り込んで、一息ついた。汚れた手袋をしまうと、ヒカルは念のため地図を確認する。

正門から真っ直ぐ並木道を進むと、大聖堂がある。その左右には「塔」の内部に関する手続きを行う役所や、出入りの商人が経営している、「塔」の住人向けの店舗が並んでいる。酒を出す飲食店もあるらしい。

一般人が入れるのはその区画までで、その先はビオスの内部でもごくごく限られた人間しか入れないようになっている。特効薬が保管されているのはそちらだ。

ヒカルは詰め所の裏手に回る。ふだんは誰も歩かないであろう場所なのに雑草ひとつないほどに手入れがされているのを見て、その潔癖さにゾッとした。

「塔」の内部の表通りに面した所は街灯によって明るいが、ヒカルが今いる場所のように建物の裏手は相応に暗かった。

ヒカルは足音を耳にした。

夜中だというのにパトロールしている。この裏道に、正面から3人1組の騎士が、輝度の高い魔導ランプを掲げて歩いてくる。ちょっとした物陰に隠れれば「隠密」によってやり過ごせそうだと思ったが、余計なものがなにひとつ置かれていない。さらに彼らはあちこちに光を向けて、きっちりパトロールの任務をこなしている。死角はない。

(「隠密」の能力を信用してやり過ごすか……?)

ヒカルの「隠密」系能力は「生命遮断」4、「魔力遮断」4、「知覚遮断」5(MAX)であり、それに加えてギルドカードで「隠密神：闇を纏う者」の「加護」を得ている。

(ふつうなら行けるはずだけど……)

強行突破すれば時間は短縮できる。だが、ヒカルはクインブランド皇国のスパイたちが侵入に失敗したことを思い出していた。念には念を入れたほうがいい。

来た道を引き返し、正門前の並木道へと歩を進めた。ここは街灯で明るいが木という遮蔽物がある。ただ、監視塔から丸見えなのが気になる。

ヒカルは「魔力探知」を拡張し、監視塔にいる兵士の動きを探る。ぼんやりとしか見えないが、身体の向きくらいならばわかる。

感知できる範囲に監視塔は2か所。1か所あたり3人の監視がいる。24時間のパトロールに監視と、まるで刑務所のような警備だ。

（ふぅ――脳が焼けるみたいなこの感じは慣れないな……）

「魔力探知」を拡張すると一度に多くの情報が頭に入ってきて、ヒカルはめまいを覚える。じっとりとにじんでくる額の汗を拭いて、

（今だ）

監視の目がこちらを向かなくなった瞬間、走りだした。

◇

監視塔は「塔」の内部に全部で25か所ある。「塔」が「L」の字形という少々特殊な形をしているために数が多いのは仕方がないのだが、それにしても警備が厳重だ。

監視には専門の兵士が3名ずつ当たっている。

「くぁ……」

「おい、あくびなんぞするな。こっちまで眠くなる」

「だけどなぁ、眠いものは眠いだろう。なにが悲しくて誰もいない『塔』を見てなきゃならんのだ。あ～あ、誰かが逢い引きでもしててくれたら多少の退屈しのぎにはなるんだけどな」

「こないだ侵入者騒ぎがあって、俺たちまで怒られたのを忘れたのか？」

侵入者騒ぎとは、皇国スパイが侵入に失敗したときの話だ。

「あれはカギの閉め忘れを、問題にしただけだろ？」

「そうなのか？　俺は、監視がしっかりしていないから侵入されたって聞いたけど」

「被害はなかったたって聞いたぞ。侵入者なんてそもそもいなかったんじゃないかって」

「でもなあ、『先端研究区画』の連中は『絶対に侵入者はいた』って騒ぐし、あの区画の通用門のカギが開いてたってんなら、やっぱり侵入者はいたんじゃないのか」

「おいおい。あの区画の変人どもの言うことを真に受けるのかよ」

「俺はともかく、上層部が真に受けてんだからしょうがないだろ」

「あそこはなあ」

「ほんとになあ」

「薄気味悪いよなあ」

監視たちは口々に感想を言っているが、

《お前ら、監視業務中に私語をするな!!》

伝声管から上官の声が聞こえてきてびくりとする。

「……おいおい、なんでこんな夜遅くに上官（アイツ）がいんだよ」

「……その侵入者騒ぎのせいで、絞られたんだってよ。上から」

「……あんなの真っ昼間に起きたことじゃねえかよ、ったく……」

「あっ」

ひとりが小さく声を上げた。

「どうした」

「あ……いや、気のせいかな？」

目元をごしごしして、筒状になっている単眼の遠眼鏡をのぞき込む。

「どうしたんだ、マジで」

「いや……並木道のところに誰かがいたような」

それを聞いて、残りの2人も慌てて遠眼鏡をのぞき込んだ。

遠眼鏡にはめ込まれているガラスは、製造技術が低く濁りがある。また研磨の精度も低いので視界はぼやけるが──それでも遠くを確認するには遠眼鏡がいちばんだ。

その小さな視野をあちこちさまよわせる。

「うーん……いないような」

「気のせいじゃ？」

「だよなあ……」

《なにかあったのか！》

上官が伝声管から怒鳴る。3人は顔を見合わせ、

「……い、一応報告しとくわ」

「そうだな。言わないで責任問題になってもイヤだしな……」

言い出しっぺの監視が、伝声管に向かって口を開いた。

◇

ヒカルは建物と建物の間にある小路を縫うように走っていく。監視塔から死角になる場所を選んでいるのだ。途中で騎士のパトロールにぶつかると厄介なので「魔力探知」を常に使用しているため、頭はずっとフル回転だ。

30分ほども進んだところでようやく、「先端研究区画」の外壁が見えてきた。この区画だけ外壁によって仕切られているのは、研究内容を隠さなければならないからだろう。

「確か、皇国のスパイたちはこの区画内までは侵入したんだよな」

聞いた話を思い出す。彼らは外壁の途中にある通用口を解錠し、区画への侵入に成功した。だがその先でトラップに掛かった。

「あれは……」

通用口を目指していたヒカルだったが、そこには騎士が2人立っていた。この「塔」内ではテンプル騎士団の無駄遣いとも思えるほど、大量の騎士が警戒に当たっている。

それほどまでにビオスの教皇は用心深い。

いかにヒカルの「隠密」能力が優れているとはいっても、さすがに扉のすぐ前に立たれていては通用口を突破することは不可能だ。

「ふむ」

見上げると、区画を仕切る壁は高さ3メートルはある。のっぺりとしていて手を引っかけるところもない。区画周囲の建物は平屋ばかりだ。

平屋なのは、2階や3階の高さから仕切りの壁を越えて向こうが見えないようにするのが目的かもしれないが、ヒカルにとっては好都合だ。

こういうこともあろうかと、ヒカルは外壁と同じ色である白いロープと投槍器の短槍を用意していた。これはふつうのものと違って、槍でいうと石突き、矢でいうと羽の部分が、金属の輪っかになっている。そこにロープを通し、短槍を壁沿いの地面に深く突き刺した。これで、ロープに体重をかけてもちょっとやそっとでは抜けない。

ヒカルは槍に通したロープを引きながら建物側へと移り、窓に手を掛けてよじ登り、屋根の縁をつかむと一気に屋上へと飛び上がった。

「塔」の内部に入っているので監視塔までは距離がある。ヒカルは屋根を走ってジャンプして小路を飛び越え、区画を隔てる外壁の一番上に手を掛けることができた。そして外壁を這い上がると向こう側へロープを垂らし、それを伝って下りていく。

地面に着いたところでロープの片方を引っ張ると、するすると短槍の金属輪を通り抜けて手元にすべてロープは回収できる。地面に埋め込まれた短槍はすぐには発見されないだろう。

「……さて、ここからが『先端研究区画』か。細心の注意を払って進もう」

周囲はしんと静まり返っている。時折、虫の鳴く声がどこからか聞こえてきたがそのくらいのもので、夜になって冷え込んだ風が吹き抜けていく。

「魔力探知」で確認すると、あちらこちらに多数の魔術トラップが仕掛けられている。目には見えにくいワイヤーや、敷石を踏むと音が鳴るトラップなど様々だ。だが「魔力探知」があればそれらはほとんどムダだ。

こちらには騎士のパトロールはいないようで、ヒカルは「隠密」を発動しながら駆けていく。建物が外壁に沿って配置されており、中央には中庭があるだけのわかりやすい区画構造だった。そのどこに特効薬が保管されているのか――実は、ヒカルにはありありとそれがわかっていた。

（この建物だな）

ヒカルの正面にあるのは巨大な倉庫だ。特効薬は「呪蝕ノ秘毒」に含まれる呪術を解除するために魔術が施され、そのために微量な魔力を持っているのだ。ヒカルはポーンソニアの王都にあった特効薬の実物を見ているし、その魔力パターンも知っている。

他と同じ白い壁の倉庫は、窓もなく、巨大な豆腐のようだ。入口は一か所だけで金属製の扉があるきりだ。念のため周囲を確認するが、誰かが動いている気配はない。

（で、このカギか……）

金属扉にはカギ穴があった。

（皇国のスパイたちは、前回このカギ穴を解錠していて気づかれたと言っていたな）

中庭に面した扉は、「先端研究区画」のどこからも見える。解錠中の姿を誰かに見られたのでは？　とヒカルは思ったのだが、

――誓って言う。誰にも見られていない。見られていないというのに騎士たちは確信を持って走ってきた。あのカギ穴に、トラップがあるのだ。

と言っていた。

（ふうむ）

カギ穴を見るが、そこにはなんの魔術的な痕跡もない。

皇国のスパイの中には「魔力探知」1を持っている者もいたから、彼らも十分気をつけて解錠していたはずだ。

（だとするとこっちか）

ヒカルが視線を向けた先は、屋根だ。屋上にわずかな魔力反応がある。

平たい屋根へとよじ登ると、パッと見では建物の都合上「少しだけ出っ張ってしまった」ような構造がある。そこはちょうどカギ穴の真上となっていた。

(カギを開ける、あるいはその振動が伝わるような構造になっているんだな。振動を探知したら魔術的な反応が起きてアラームとなる……これは物理的なトラップだ。カギ穴周辺の魔力にだけ集中していたら気づくことはできないだろう。「魔力探知」持ちが忍び込んでくることを前提としたような建物だな)

「魔力探知」や「生命探知」があるとそれを過信してしまい、物理的なトラップへの注意がおろそかになってしまう。皇国のスパイたちはまんまと引っかかったわけだ。

(とはいえ、これほどピンポイントな……「魔力探知」避(よ)けのトラップって珍しいよな)

ふと思い返すと、皇国スパイたちは気になる言い方をしていた。

——ヤツは我らが来ると知っていたんだろうな……。

——ヤツ？　敵に知り合いでもいるのか。

——いや、なんでもない……忘れてくれ。

とかなんとか、だいぶ歯切れの悪い感じで。

(まあ、それはいい。まずはこっちのトラップを無効化しよう)

丁寧に調べると、トラップの部分にはフタがついていて取り外せるようだ。解除も取っ手を回すだけと、簡単だった。

(夜と朝にトラップをオンオフしているのかな)

ヒカルはするりと屋根から下りると倉庫の入口に戻る。カギ穴自体はさほど凝っていないもので、少しいじると解錠は終わる。扉を外側に開いて、ヒカルは室内に身体を滑り込ませた。

中は暗く、ホコリっぽいニオイが満ちていた。

背負ったバッグから魔導ランプを取り出して灯すと、10を超える木箱が闇の中に浮かび上がった。

「おお、いっぱいあるな。中身は全部特効薬みたいだな。……問題は、こいつらをどう運ぶかだ」

ヒカルはひとりで両手で抱えられる量、背負える量ならばこのまま持ち出すことができると考えていたし、皇国スパイたちはそれだけでも十分だと言っていた。持ち帰って成分を分析し、複製するつもりなのだ。

だが複製の薬ができるまでにどれくらい時間がかかることか。可能なら、ここにある特効薬をすべて盗み出したい。

しかし、特効薬がこれほどまでに「塔」の奥深く、さらに敷地内でも隔離された区画にあるというのは誤算だった。

「全部を運び出すのは……無理だな」

トラップの類はなさそうなので近づいていく。

フタの開いた箱を見ると、封のされた陶器のビンが並べられていた。さらにご丁寧にも使用上の注意が書かれた紙も置かれていた。

「ん……？『本薬は濃縮されており、清められた水で100倍に薄めて利用すること。1本あたり100人が服用可能』……100倍の濃縮薬なのか、これ!?」

いったい、ここにある木箱の特効薬だけで何人治療することを想定しているのか――いや、そんなことより。

フタの開いた木箱にはおよそ100本ほどのビンが入っている。これで、1万人分の特効薬だ。

皇国の感染者は1万人を超えたと聞いているから、今さらに増えている可能性がある。だがこの薬が行き渡らない分はポーンソニア王国から送られる特効薬でまかなえるかもしれないし、多少あぶれてもシュフィとポーラのふたりが回復させられる。

ついている、とヒカルは思った。

「連中からしたら国外へ運びやすいように濃縮したんだろうけど、濃縮しすぎたな。これなら僕ひとりで十分運べる……！」

ヒカルはもうひとつ木箱を開けて、持ち運べるぎりぎりまで、1つの木箱にビンを積んでいく。

「ふんっ……」

両足で踏ん張って持ち上げると、ヒカルはなんとか木箱を持って外へと出た。

◇

ガタン、という音が聞こえたのは「先端研究区画」の内部からだった。区画への通用口を警備している騎士は顔を見合わせる。

「なにか聞こえたな」

「ああ。この時間は、区画内には誰もいないはずだよな？　定時以外の入退室は事前の申請が必要だもんな」

「今夜は誰もいないことになってる」

「……侵入者か？」

「まさか。風かなにかだろ」

「だけど2、3日前に侵入事件があったではないか」

「あれは昼間のことだし、ここに警備も立っていなかった。そうだろう？」

クインブランド皇国のスパイによる侵入未遂事件の後、騎士の警備がつくようになったのがこの通用口だ。

「俺からすれば過剰反応だと思うんだ。大体、水堀があって、夜間パトロールもあって、監視塔が山ほどあって、どうやってここまで来るんだよ？　警報までついてるんだろ、この区画って」

「まあ、それはそうだけど……」

「気にしすぎだよ。前回、このドアのカギが開いていたのだって、閉め忘れの可能性もあるって話じゃないか」

「いや、あれは警報が鳴ったから問題になったんだろ」

「誤作動だったんじゃないのか？」

どうでもよさそうに言った騎士はあくびをかみ殺すが、もうひとりの騎士が納得できないような顔をしているのに気づいた。

「……そこまで気になるなら、中に行くか？　眠気覚ましくらいにはなるだろ」

「ああ。行ってみよう」

ふたりはうなずくと、カギを開け、扉を手前に開いた。キィと小さく蝶番が鳴る。

ここから先は彼らも足を踏み入れたことがない。どこにトラップがあってどこにどんな建物があるのかも知らされていないのだ。

「……行くぞ」

ごくりとつばを呑んで、ふたりは静まり返っている区画内へと足を踏み入れた。

「こういうとき、地図がないのは不便だよ。どこをどう見回ったら効率的なのかわからない。まあ、トラップよけの魔道具をもらっているだけマシかもだが」

「……お前、先ほどから不満ばかり言ってるじゃないか。教皇聖下への批判と受け取られかねないぞ」

「おお、怖い怖い。だけど文句があるのは俺だけじゃないぞ。教皇聖下へ、ではない。あの亜人の女が――」

ガタン、ともう一度鳴った。近い。

「！」

ふたりは緊張をみなぎらせる。ひとりが前方で魔導ランプを掲げ、もうひとりが後方で剣の柄に手を掛けた。

音がしたのは建物の裏手だ。ゆっくり、近づいていく――。

「……ん」

「……なんだよ」

そこには脚立が2台、並んで倒れていた。

「これが倒れたのか。でもなんでこんなところに脚立が？」

「あれ見ろ」

屋根の一部が剥がれ落ちている。

「この修繕に使っていたんだろう。で、そのままにして出て行ったところ、倒れた」

「なんで倒れるんだ」

「知るか。立て掛け方が悪くて風で倒れたんだろう」

「風など吹いたか？」

「じゃあどうして倒れた？」

「それがわからないから聞いている」

「俺だってわかるかよ。……まあ、戻ろうや。脚立が倒れたと報告書にまとめておけばいいだろう、あとはこの区画のヤツらが調べるよ。それは俺たちの仕事ではない」

「……それはまあ、そうだな」

くぁ、とすでにひとりはあくびをしながら歩きだしている。もうひとりの騎士はなんだか気にはなったものの、その場を後にした。


夜が明けると、「塔」の正門付近には多くの人々がやってくる。からーんからーんと乾いた鐘の音が朝6時を告げる。

騎士によって作られたバリケードが撤去されると、集まっていた人々は整然と橋を渡り、中央正門へと向かう。出勤してくる教会関係者、荷物を運び入れる商人、「塔」内への配達物を持った配送業者と、いつもの顔ぶれだ。それを、正門に並ぶ騎士たちが目視で確認している。

反対に、正門からも人々が吐き出されるがこちらは夜勤を終えた騎士や兵士、教会関係者だ。彼らは左右に区切られた橋の上ですれ違う。

　これもまたいつもの光景である。

「塔」では、いつもと同じようにその日が始まろうとしていた——。


　異変に気づいたのは「先端研究区画」の職員だった。この区画にも朝から多くの職員がやってくる。みんなあたふたと小走りで、中にはパンを食べながら駆け込む者もあった。彼らはそろって作業服の上に白衣を身に着けており、修道士とも違うその姿は目立つ。

「ん」

　足元を見ながらせかせか進む職員のひとりが、倉庫の前を通りがかって気がついた。

　扉の前に青い粉が落ちている。

「……これは警報装置につけられた粉」

　屋根の一部のように偽装した警報装置ではあったが、念には念を入れて、装置のフタを動かすと粉が落ちるようになっていたのだ。動かし方にコツがあって、専門の係員以外がフタに触れると粉が落ちるようになっている。

　夜間の明かりは少なく、この粉が落ちたことまで気づくのは極めて難しい。侵入者は見落としたのだろう。

「まさか——誰かがこの倉庫を開けたのか？」

職員はハッとする。

「おい！　ランナ様を呼べ！　何者かが侵入したかもしれない！」

朝から活動を開始しようとしていた近くの職員たちがぎょっとする。なんだなんだと人が集まり、そのうちの数人が「ランナ」という名の人物を探しに走りだした。

だがそこからの動きが遅かったのは、侵入者にとっては幸いだったかもしれない。

「先端研究区画」から騎士団宿舎に連絡が行き、夜間見張りの担当者が呼び出されたのはそれから30分以上してからだった。すでに眠りに就いていた彼らが昨晩あったことを話し、侵入された可能性について通達が行き渡るには、さらに時間がかかった。


開門から1時間ほども経つと正門の混雑も落ち着いてきた。行き来する人影もまばらになり、監視の騎士も数が減る。

がたがたと音を立てて荷馬車が「塔」から出ていく。荷台にはむしろが掛けてあり、木箱が積まれているようだ。「塔」内の飲食店の荷馬車であることは騎士たちはみんな知っていた。

「ほっほっ、どうどう」

馬を引きながら歩く男も、ふだんどおりの出入りの業者である。

「よお、オッサン」

そんな彼に騎士のひとりが話しかける。

「へ、へい、騎士様。いかがしました？　今日もいつもどおり空き瓶を外に運び出すところですよ」

「そのようだな。どうした？　汗をかいているみたいだが」

「どどうも今日は暑いことで」

「そうか？　いつもより涼しいくらいだが、熱でもあるんじゃないか」

「そっ、そうかもしれません。ではあっしはこれで」

「あ、ああ……」

ただちょっと、自分の好きな酒を仕入れてもらえないかと頼もうかと思っていた騎士は、業者のおかしな様子に首をかしげる。

そういえば、いつもより馬がへばっていたな……。まるで荷物が重いような？

そんなことを考えていると、

「第4隊、集結せよ！」

馬が駆けてきて伝令が声を上げる。

「『塔』内部に侵入者の可能性アリ！　不審者、またはふだんと変わったことはなかったか！」

騎士は、ハッとする。

妙に焦っていた出入りの業者、それにへばった馬――。

あの荷台に、誰か乗っていたとしたら？

「おりました!!　ただいま出ていった飲食店の荷馬車に、侵入者が同乗している可能性があります！」

「なんだと!?　行くぞ！」

「ハッ」

馬が勢いよく駆けていき、騎士たちはその後を走って追う。金属鎧を着込んでいるが走る速度はかなりのものだ。

彼らは正門を抜け、橋を越え、その向こうに荷馬車を発見した。

「止まれ！　そこの荷馬車!!」

馬が荷馬車の進行方向に入り込むや、業者の男は「ヒッ」と声を上げる。すぐに徒歩の騎士も追いついてぐるりと荷馬車を囲んだ。

「貴様、『塔』内で飲食物を商っている者だな」

「は、は、はい、さようでございます……」

馬上の騎士ににらまれ、男は気の毒なほどに身を縮めている。

「そのむしろの下はなんだ」

「こ、こ、これ、これは、その、騎士様に申し上げるようなものではございません」

「答えよ！」

「ヒッ⁉　空き瓶でございます！　食事処で使った酢や油、希少な酒の瓶でございます！」

「検めよ」

「な、な、なんでございますか⁉　あ、み、皆さん！」

男は荷物をかばおうとしたが、騎士たちにすぐさま引き剥がされ、突き飛ばされる。

そしてむしろをはねのけると――。

「……空き瓶ですね」

「空き瓶だな」

木箱に、調味料や酒の瓶が詰められていた。

「念のため細部まで確認せよ」

「ハッ」

騎士たちは汚れたビンを持ち上げたり荷馬車の下を確認したりしてみたが、そこにはおかしなものはなかった。

「……チッ、時間の無駄だったな。引き上げるぞ！」

騎士たちはきびすを返して「塔」へと戻っていく。

その騒ぎを遠巻きに見ていた見物人も「なんだ、なにもないのか？」「騎士様の間違いだったようだ」と往来を歩き始めた。

「やれやれ……まったく」

　突き飛ばされて尻餅をついていた業者の男は立ち上がり、パンパンとズボンをはたいた。

「行くぞ。おお、よしよし」

　馬を引いて歩きだす。

　その馬の歩調が、門を通過したときと比べて軽くなっていることは、騎士たちも見落としていた。

◇

「ふう。あっぶなー」

　ヒカルは裏道を木箱を抱えて歩きながら、「魔力探知」でなにが起きているのかを確認していた。

　確かに、ヒカルは荷馬車に乗っていた。特効薬の木箱とともに。

　その出入りの業者はクインブランド皇国スパイが買収していた者で、大根役者ではあったが脱出には成功したので、役目は十分果たした。

「隠密(おんみつ)」を発動していたヒカルは橋を渡ったところで木箱とともに脱出し、側道に入った。歩きながら「魔力探知」の範囲外まで「塔」の様子を確認していたところ、荷馬車に追っ手が掛かったというわけだ。

「出入りの業者に紛れて荷物を運ぶっていうのはいいアイディアだったけど、こんなに早く侵入が露見するとは思わなかったな……。僕が気づかずに、なにか痕跡を残してきたってことか。侮れないな」

単純な仕掛けと魔術を組み合わせたトラップは「魔力探知」持ちへの対策だが、ヒカルはうまいことそれを回避したつもりだった。その後は脚立を倒して音を立てるという陽動作戦で、通用口から逃げ出した。

十分に注意していたヒカルですら追っ手が差し向けられた。

反省しつつ、ヒカルはウンケンとの待ち合わせ場所へと急いだ。

そこは前回と同じ、郊外にある木こり小屋だ。

ヒカルが地下通路の階段を上っていくと、すでに小屋に待っていたスパイたちは目を見開いた。

「お前、それは……」

「特効薬だ。１００倍に希釈して使うから、これで1万人以上が救える」

「なんだって!?」

「バカな、お前が侵入に成功したという証拠はどこにある！」

「そうだ。ウソだろう」

　スパイたちが口々に疑いの言葉を発したのは、彼らが己の能力に自信があり、そんな彼らですらなしえなかったことを、銀仮面を着けた怪しげな男があっさりと達成してしまったからだろう。

　だが、さすがにこれにはヒカルもイラッとした。

　こっちは徹夜でこんな重いものを運んできたというのに。

「よさぬか」

　口を挟んだのはウンケンだ。

「本物かどうかは実際に使ってみれば一目瞭然じゃ。シルバーフェイスの言うとおり、本物で、しかもこの木箱で1万人が救えるのであれば、複製を作る時間もいらず、多くの命が助かることになる」

「それは……そうだが。ウンケン、これでニセモノだったらお前も同罪だぞ」

「なんの罪じゃ。この非常事態にウソをついた罪か？」

　ぎろり、とウンケンがスパイたちを見回す。

「バカ者がッ!!」

　ウンケンが発した怒声に空気がピリピリとした。

「お主らがなすべきは速やかにこの薬を皇国に運ぶことじゃろうが!!　ここでなにをぐず

ぐずしておる!!」

その言葉で、ひとりが弾かれるように外へと出ると、馬の準備を始めた。

すぐにも木箱は持ち去られ、スパイたちは潮が引くように去っていく——木こり小屋には静寂が訪れた。

「……すまんかったな、シルバーフェイスよ。そしてありがとう。お前さんの尽力に感謝する。皇国皇帝も、必ずやお前さんに恩を感じるはずじゃ」

「それは別にどうでもいいが……。それよりアンタは、皇国のために今も動いているのか？」

「ふだんはポーンドのためじゃ。ま、ギルドはヒマじゃからの」

「ああ」

王都に需要が集中しているせいで、衛星都市ポーンドの冒険者ギルドは閑古鳥が鳴いているのだった。

「じゃが……まあ、なんだ。過去というのは亡霊のようにつきまとうものなのだ。それでいて引き剥がすこともできず、厄介ながら、いなければさみしくなる」

「そういうものか」

「そういうものじゃ」

「おれにはわからないな」

「わかる必要はない。人の命は短い。ワシらマンノームがムダに長生きなだけじゃ」

ウンケンは渋い顔をしていたが、

「さあ、これでお前さんの仕事は終わりじゃ。王国へ帰るのなら馬車を用意してやるぞ」

「……いや」

ヒカルは首を横に振った。

「今、アンタの話でよくわかったよ」

「む。なにがじゃ」

「マンノーム、あるいは皇国の重要人物が、ビオスに寝返ったんだろう？」

「!?」

ヒカルの言葉に、ウンケンが凍りついた。

「おかしいと思ったんだ。『塔』の警備が厳重すぎるし、アンタたちレベルのスパイですら侵入に失敗するトラップ。アンタたちのことを深く知っている誰かが用意しているとしか思えない」

「………………」

「それに、今回の流れそのものにも違和感があった。ビオスはどうして、いきなり『呪蝕ノ秘毒』をバラまくような強硬手段に出た？　もちろんソウルカードの技術を他国に出し抜かれたから、とも考えられるし、アインビストとの戦争が劣勢で焦っているということもあるかもしれない。だけど、急だという印象は拭えない。クインブランドもそうだ。長年争っていたポーンソニアと同盟を結んでまで、ビオスに対抗しなければならなくなったのか？　ソウルカードの技術についても、こんなに重要な情報ならば公開するタイミングというものがあるだろう。そのあたりを考えてみると、おれにはどうしても皇国とビオスの間に、深刻な断裂があるようにしか思えない——そのきっかけが、重要人物の寝返りだと考えると、いろいろとしっくりくる」

「………」

ウンケンはしばらく沈黙していたが、ふー、と長々と息を吐いた。

「お前さんは、ほんとうに……どこで教育を受ければそんな知恵が回るようになるんじゃ……」

額に手を当てながら首を横に振った。

「……シルバーフェイス。これを聞いてしまえば本格的に巻き込まれることになるぞ。我がマンノームという種族と、ビオスとの争いに」

「とっくに巻き込まれてる」

「そうか。ならば話すことは構わんとワシは思う。むしろ知る権利があろうな」

ちらりとウンケンが外へと視線を向けたのは、周囲に誰もいないことを確認したからだろう。

彼がこれから話そうとしていることは、それほどまでに高度な機密なのだ。

「……お前さんの推測のとおりじゃ。マンノームの里を追放された、ランナという女がおる。ランナはビオスの教皇に気に入られ、マンノームの秘密を話したようじゃ」

「マンノームの秘密……？」

「……すまぬが、それについてだけは話すことができん。じゃが、これは教えてやれる。ランナが里を追放された理由は『禁忌に触れる研究を行った』こと。ビオスの教皇は、ランナからマンノームの秘密を聞いた対価として、ヤツの身柄の保護と、研究の自由を与えたに違いない。『呪蝕ノ秘毒』は、ランナが生み出したものじゃ」

一般的なスパイと比べて、マンノームたちは「隠密（おんみつ）」能力が高い。「塔」へ侵入される可能性を考えたランナは、高度なトラップを用意した。

（なるほどね……。クインブランドの皇帝はマンノームだ。その里にはなにか秘密があったんだな）

ヒカルが考えていると、誰かが近づいてくる気配があった。

「——ウンケン、まだいるか？」

去ったはずのスパイがひとり、戻ってきた。

「どうした」

「アインビストとビオスの戦線の詳報だ。ビオスは騎士を改造し、羽を生やした」

「……は？　羽じゃと？」

「アインビストの敗走については伝えただろう？　騎士を改造し、空から奇襲させたらしい。ビオスはこれを『天の使い』だとか言っているようだが、翌日にまた両軍はぶつかったらしい」

「それで、どうなった」

　思わずヒカルがたずねてしまうと、スパイはヒカルにも視線を向ける。

「アインビストは弓隊を指揮して羽の生えた騎士を撃ち落とす戦略を採った。この作戦はヒト種族の副盟主が立案したようだ」

　ジルアーテだ。

　ヒカルの脳裏に彼女の姿が思い浮かぶ。最後に会ったのは南葉島で、島を離れる船に乗ったヒカルに向かって手を振っていた姿。

（……がんばっているんだな）

　胸の奥がじわりと温かくなる。

「だがビオス側もさらに多くの翼の騎士を投入し、アインビストはこれを撃ち落としきれず混戦状態だ。この情報は『塔』の連中も今ごろつかんでいるころだろう。そうなったら、聖都周辺の出入りは相当に厳しくなる。特効薬が本物だったとしたら、俺たちは即座に撤退する」

「ふむ……確かに、ワシらが残って活動するには環境が悪そうじゃ。シルバーフェイス、今回のことの礼は追って連絡する。ワシが馬車を用意するからお前さんたちもここを離れたほうがよい」

「……それは待ってくれ」

ヒカルは考えを巡らせる。

ビオスが騎士に羽を生やした、というわけのわからない情報。肉体を変容させる魔術は「禁忌」であると言われている――おそらく、ランナというマンノーム研究者が関係している。

「呪蝕ノ秘毒」、そして「翼の騎士」。

このふたつを組み合わせれば考えられることはひとつ。

「……騎士に毒を持たせて、野営地に投げ込んでくるだろうな」

「なるほど、それは大いにありそうじゃが……」

そうなったらアインビストの被害はとてつもないものになる。「塔」に忍び込んでもう一度特効薬を取りに行くのか？　いや、警備はさらに厳重になっているはずだ。さすがに難しいかもしれない。

ならば――。

「ウンケン、頼まれてくれないか」

ヒカルは決心した。この戦争に介入することを。そして、犠牲を最小限に抑えることを。

「アインビスト軍に知らせてほしいんだ、『呪蝕ノ秘毒』の危険性を。これを彼女に見せて、おれの名前を出せば副盟主のジルアーテは信用するはずだ」

懐に忍ばせてある黒い鉄——寸鉄をウンケンに差し出す。

「それは構わんが……お前さんはどうする」

「決まってる」

再び特効薬を持ち出せる可能性は低い。特効薬を解析し、複製を作るまでにどれくらい時間がかかるかもわからない。

できることはひとつだ。

「『呪蝕ノ秘毒』を製造している工房を破壊する」

問題は根本から解決しなければならない。

第25章　滅びの天使と影の剣

「呪蝕ノ秘毒」の特効薬が隠されていた倉庫は、「先端研究区画」の職員によって徹底的に調査が行われ、その結果、1箱半ほどの特効薬が盗まれていることが判明した。

騎士は追い出されており、白衣を着た職員だけが集まってひそひそと侵入者について語り合っていた。

そこへ、くたびれた白衣を着た背の低い女性――見た目は「少女」が入ってきた。

「！　ランナ様！」

ひとりが背筋を伸ばすと、職員全員がそちらを振り向いた。

ランナは、暗い赤色の髪を左右で雑に三つ編みにしており、前髪も不揃い(ふぞろ)いだった。大きな丸い眼鏡をかけている鼻の周りにはそばかすが散っていた。

目の下には濃い隈(くま)ができており、じろりと職員たちを睥睨(へいげい)する。

「……特効薬が盗まれたって聞いたけど？」

ぞっとするほど冷たい声だった。

「や、夜間に見張りの騎士が物音を聞いたそうですが、そのときに盗みが行われたのではないかと……侵入者の姿は誰も見ておりません」

いちばん年かさの職員が答えると、ランナはじろりとそちらを見た。

「物音、ねえ……。物音、物音……。ここに忍び込めるほどの人間が、物音なんて立てるものか？」

「そ、それは……」

「そんな当然なこともわからないのか。グズばかりだ。物音に誘い出されたところを、侵入者はまんまと通用口を通って逃げたんだ」

「!?」

「まったく。お前らはバカだバカだと思っていたが――」

「ランナさん、そこまでにしてください」

遅れてやってきたのは、教皇の側近でもあるルヴァイン大司祭だ。

「ここを夜間、無人にすべきと言ったのはあなたでしょう。人を置かず、トラップに任せたほうが警戒には効率がいいと」

「実際、一度はそれで防げた」

「ですが二度目は防げませんでした」

ルヴァインが言うと、ぎりぎりとランナが歯ぎしりして見返してくる。

「言い合いしても仕方がないでしょう、ランナさん。あなたが考えるに、侵入に成功したのはクインブランド皇国のスパイですか？」

「…………」

そうだ、という答えが返ってくると大司祭は考えていたのに、ランナは沈思黙考した。

「ランナさん？」

「……わからない。皇国に、マンノームに、これほど大胆で優れたスパイはいなかった。日々トラップは更新しているし、増やしている。なのに、軽々と突破された……」

「新たな人材が投下されたということですか」

「――ランナ様、大司祭様。区画壁の外にこんなものが埋まっていました」

そこへ職員のひとりが、地中から抜き出したらしい短槍（たんそう）を持ってきた。石突きの部分に金属の輪がついている――ヒカルが埋めたものだ。

ランナはそれをじっくりと見ると、

「屋根から区画壁へと飛び移り、この短槍に通したロープを使って壁を下りたんだ。こんなやり方はマンノームらしくない」

「マンノームではない、ということは……皇国のスパイではないと？」

「……それは知らない。そっちで考えればいいだろう」

特効薬を大量に欲しているのは皇国以外にない。だが、皇国の窮状を知った他国が手を貸した可能性はある。

「となると、状況的に怪しいのはヴィレオセアンですね。もともと皇国とは親交が深かった国です。一方、ポーンソニア王国は、皇国こそが不倶戴天(ふぐたいてん)の仇敵(きゅうてき)。フォレスティア連合国は王位が交代する時期でこちらに首を突っ込む余裕はないはず」

「あっそう」

興味なさそうにランナは言った。

「それより教皇に言っておいて。皇国が本気で動き出したんなら、アインビスト相手に悠長なことやってらんないよって。ポーンソニアが間に挟まってるからビオスと皇国は交戦状態ではないけど、『呪蝕ノ秘毒』の被害がビオスのせいだとわかったら、ポーンソニアを横断してでも叩(たた)きにくる」

「……ランナさん」

このとき初めて、ルヴァインの瞳が冷たく、鋭くなる。

「教皇聖下を呼ぶときには必ず敬称をつけなさい。あなたはここで保護されている立場だということを忘れないように。それに例の件の研究も進めてください。教皇聖下が完成をお待ちです」

「はいはい」

ひらりと手を振ると、ランナは大司祭に背を向けた。

「どこへ行くのです」

「……研究所だよ。テンプル騎士団長から『呪蝕ノ秘毒』を大量に出してくれって言われたからね。本格的に『天の使い』を使って獣人軍に毒をばらまくんじゃないの？」

「なんですって？　そんな雑な扱いをしたら、我が軍にも感染被害が出るのではありませんか？」

「知らないよ。それを決めたのはアンタんとこの団長だろ。こっちの知ったことじゃない」

　それだけ言うと、ランナは去っていった。

「……『呪蝕ノ秘毒』の大量生産ですって……？　あまりに危険です。毒は諸刃の剣だというのに……」

　ルヴァインは唇を噛んだ。

「……手を打たねばなりません」

　彼は歩きながら考える。彼に取り巻きはいないが、「塔」の内部では彼の地位は極めて高く、通りがかる者はみんな足を止め、頭を下げる。

　だが、ひとり、そんな態度を取らない者があった。

「そんな厳しい顔をしていては、美形が台無しだよ」

「ッ！」

　教皇に次ぐ地位にある大司祭に、それほど気軽に声を掛けられるのは、同じ大司祭かそれより上の存在——あるいは教会のヒエラルキーの「外」にいる者だ。

「あなたは……ここにいらっしゃったのですか」

「うん？　僕はずっと『塔』に滞在していたよ」

ゆるやかにうねる金髪をかきあげながらにこやかに話しかけてくるのは、眉目秀麗の若い男。

彼が何者かを知らずとも、ぱちりとした大きな青い目に見つめられれば、年頃の女性はうっとりしてしまうだろう。

着ている服は「塔」には似つかわしくない。上等なものではあろうがモンスターの皮をなめしたジャケットを着ているのだ。

背中に背負った長剣は、彼がわかりやすく冒険者であることを示している。

「イグルー様、よろしいのですか？　まだこの『塔』にいても……」

イグルー＝フルブラッド。

冒険者ランクAにしてパーティー「ライジングフォールズ」のリーダー。

「ライジングフォールズ」のメンバーは、アインビストで行われた「選王武会」に送り込まれ、盟主ゲルハルトやジルアーテを抹殺しようとしたがうまくいかず、イグルー以外は全員捕らえられている。

確か、そのパーティーメンバーにはイグルーの妹もいたはずだが、とルヴァインが考え

ていると、

「やだな、『イグルー様』だなんて。アンタはここのお偉いさんだし、大体僕たちはそう年齢も変わらないだろう？　気安く呼んでくれたまえよ」

「そうはいきません」

「なあ、こうは思わないか？　大陸に冠たる教会の、大司祭であるアンタ。そして冒険者ランクAであるこの僕。ふたり並べば誰の主催するどんな夜会だって、女を選び放題だ」

「……は？　夜会、ですか？」

　この大変なときになにを言っているのか、と思ってしまう。

「そうだよ、夜会だよ。出世した僕はあちこち呼ばれるようになったんだが、どうにもこうにもいっしょに遊ぶ男がいなくてな」

「暇を持て余した貴族などいくらでもいそうなものですが……」

「鼻持ちならない。アイツらは、油断するとすぐにマウントを取ろうとしてくる。連中もわかっているのだよ、自分がただ単に『運良く』その家に生まれたから権力を持っているだけってことにさ。その点、僕は違うだろ？　類い稀なる才能をもって冒険者としての頂点まで上り詰めた」

「はあ……」

　ますますわからない。

この男は、アインビストに捕らわれた仲間や妹を放っておいて、夜会に参加して女をたぶらかそうと誘っているのだ。

「ああ、そうそう――」

いい加減話を切り上げようとルヴァインが思っているところへ、イグルーは世間話でもするかのように言った。

「次はきっと毒を作る工房を狙われるぜ？　そっちの警備は万全なのか？」

「なっ――」

ランナが進めている研究「呪蝕ノ秘毒」に関してはトップシークレットで、「塔」内でも上層部しか知らないはずだ。それを冒険者が知っていていいわけがない。

「あれ？　僕が知ってることが意外なの？　そうか、ルヴァインくんは世間知らずの聖人君子だからこういう駆け引きに弱いんだろうな。よし、それじゃこうしよう。僕が一肌脱ぐ」

「あ、あの、イグルー様、なにをおっしゃっているのか……」

「今さらとぼけるのはナシだぜ？　僕が工房を狙ってきた侵入者をぶっつぶす。そうしたらアンタは僕といっしょに夜会に出る。これでどうだ？　決まりだな？」

「あの、そのぅ……」

「僕が出るからには大船に乗った気でいろよなー。それじゃ！」

呆然としているルヴァインを置いて、イグルーは手を上げると去っていった。

「――――はっ」

我に返ったルヴァインは、思考を巡らす。イグルーが行動すると言ったからには、勝手に動いてしまうことだろう。工房の場所も知られている可能性が高い。

「まったく……どうなっているんですか……！」

彼に機密を漏らしたのは司祭以上、大司祭の誰かである可能性が高い。それが誰なのか思い当たる人物を頭に浮かべつつ、次になにをなすべきか考えながら、この若き大司祭は「塔」を早歩きで進んでいった。

一体全体、この「塔」はどうなっているのかと暗澹たる気持ちを抱えながら。

朝日が平原の陣地を照らしている。

アインビストの軍が展開している騎士や兵は、戦闘が始まった当初に比べるとずっと疲労の色が濃くなっていた。

負傷した者も多く、治療や回復魔法が追いつかない。包帯と毛布を身体に巻きつけて眠っている兵士たちが、そこここに見られた。

副盟主であるジルアーテも、砂埃（すなぼこり）と返り血で汚れたマントを着ていた。彼女は自分に与えられた天幕でひとり、机に広げた地図をじっと見つめていた。地図には付近の地形が書かれており、敵対しているテンプル騎士団の陣形、味方であるアインビストの陣形も記されている。過去に交戦した場所にはピンが刺されていた。

朝から厳しい表情だ。

「——失礼する。副盟主のジルアーテ殿だな？」

「!?」

音もなく現れた姿に、ぎょっとして立ち上がったジルアーテは腰の剣に手を伸ばした。

「ああ、待て、待て。ワシは敵ではなくただの使いじゃ。これに見覚えはないか？」

男の見せたものに、ジルアーテは再度驚いた。

「それは……シルバーフェイスの!?」

「さよう。シルバーフェイスから言づてを頼まれ、やってきた」

マスクで口元を覆い、フードを目深にかぶっているので目元しか見えない。ジルアーテは警戒したが、男——ウンケンは「よっこいせ」と勝手にイスに座った。

「……どうやってここまで？」

「正面から来ても追い返されるだけじゃろうからな、暗いうちに来ようと思ったが、時間がかかって日が昇ってしまったな」

「…………」

　簡単にそう言うが、アインビストの獣人たちは人間よりもはるかに知覚に長けている。そんな彼らの目をかいくぐってここまでやってきたウンケンを、ジルアーテは簡単に信用できない。

「……シルバーフェイスから言づてとは？」

　信用できないが、シルバーフェイスのことも気になる。

「その前に、歩きづめで喉が渇いた。茶はないか？　水でもよい。シルバーフェイスのヤツ、こんな長距離を老人に歩かせるとは、目上の者に対する態度がなっとらんわ」

「……少々冷めているが茶はある」

　警戒を緩めず、ジルアーテは淹れたままポットに入っていた茶を出した。老人は口元のマスクを取ると美味そうにそれを飲んだ——その様子を見ていると、警戒しているこっちがバカのような気がしてきた。

「ふう、生き返ったわい。それで言づてじゃが、その前に——お前さんはシルバーフェイスとどういう関係じゃ？」

「どう、とは？」

「そのままの意味じゃ。言づてを頼まれたがの、正直、ワシはこれほどこの戦局に首を突っ込むあれが少々心配じゃ。あれは生半可な男ではなく、やがて大きなことを成し遂げる。こんなことに命を懸けずともよいはずじゃ」

「ちょ、ちょっと待ってくれ。シルバーフェイスは……今、危険な状態なのか？」

「……そうじゃな、危険というか、無謀というか。だが、あれならやってのけるじゃろうという妙な希望もある」

「？」

わからないという顔をするジルアーテに、ウンケンはぽりぽりとフードの上から頭をかいた。

「ワシもなにを言っているのかよくわからなくなってきた。……シルバーフェイスは無事じゃ。お前さんたちのために戦っている」

「……詳しく教えてくれ」

ウンケンはうなずき、ジルアーテに空から「呪蝕ノ秘毒」が降ってくる可能性について伝える。しかしアインビストに分けられる特効薬はほとんどないので、シルバーフェイスは毒の製造工房を破壊するために動いている、と。

「そうか……シルバーフェイスは、また……」

ぎゅっと目を閉じ、握りしめた拳を胸元に当てるジルアーテ。

その祈りにも似た感謝に、ウンケンは目を細める。

「お前さんとシルバーフェイスは、なかなかよい関係を築けているようじゃ」

「あなたは？」

「ワシか。ワシとシルバーフェイスは仕事上、お互い都合がよいから接点があるだけじゃな」

「そうなのか。私にはそうは見えなかったが……」

ジルアーテには、シルバーフェイスと老人とがかなり深い間柄に感じられていた。

「……そうじゃな、関係はそうであっても考えや感情はまた違う。ワシはあの者に恩義を感じながら、一方であれの持つ危うさが心配でもあり、そしてワシにできなかった生き方をしている姿に憧れもある……。複雑なものよ」

「私も、そうだ。彼は尊敬すべき相手であり、無下にできない恩人でもあり、だけど私に恩を返させてくれない意地悪さにもどかしい思いもある。彼は、あんなに頼りになるのにふだんは頼りなげにしているところもずるい」

「ふーむ」

ウンケンが唸った。それはたいして複雑でもなんでもない、ただの「好き」という感情ではないのかと。

しかしそれを言うのは野暮というものだろう。

「ご老人。よければ、シルバーフェイスの武器をいただけないだろうか？」

「これか？　構わんぞ」

「ありがとう！」

黒い寸鉄を受け取るジルアーテの様子はうきうきとしていた。年頃の女性に贈るプレゼントとしてはまったくふさわしくない、無骨な鉄の塊なのだが。

「そして、情報にも感謝する。すぐにもこの話を盟主に伝えよう」

「そうしてくれ。あの毒はあまりに人の道から外れておる。――茶を、馳走（ちそう）になったな」

ウンケンは立ち上がると、きびすを返して去っていった。すぐにその存在は感じ取れなくなる。

「……見事な気配の断ち方だ。盟主であれば気がつくのだろうか。――よし、私も行動に移ろう」

ジルアーテは寸鉄を手に取り、立ち上がる。

向かうはゲルハルトのいる天幕だ。新たな敵の脅威について話し合い、そして打開策を講じなければならない。

◇

パッとしないホテル内の食堂には、朝はパンと果物だけという質素なメニューしかないのだが、無理を言ってハムやチーズを追加してもらい、たっぷり栄養を補給した。

　食後のお茶を楽しみながら、特効薬を無事に運び出したこと、そして「呪蝕ノ秘毒」の工房を破壊しなければ毒の脅威は終わらないことをヒカルはラヴィアに説明する。工房の破壊については、ラヴィアも考えていたようで、彼女も納得した。

「……ラヴィア、君の力を借りたい」

「もちろん、わたしも行く」

　それだけで十分だった。

　ヒカルはラヴィアに隠し事をしないと決めていたし、率直にこれからなすべきことも話した。「危険だからついてこないで」だなんて言いはしない。

　この世界で彼女と生きていくのだと決めたのだから。

「ヒカル」

「ん？」

　ラヴィアはふわりと笑った。

「頼ってくれて、うれしい」

　ただやっぱり、真正面から彼女の笑顔を見るのは気恥ずかしくて、まだ慣れない。

　仮眠から目覚めたヒカルは、ラヴィアとともに「呪蝕ノ秘毒」の工房について検討した。工房の場所についてはすでに皇国のスパイやウンケンから情報を手に入れていた。

た。ラヴィアはラヴィアで、ヒカルが不在の間にこの都市アギアポールで情報収集をしていた。冒険者ギルドはあまり活動的ではなく、腕の立つ冒険者はほとんどいないらしい。その代わり回復魔法の使い手は他の街に比べると圧倒的に多いのだとか。中でも、庶民を相手に無償で治療を行っている教会関係者がいるらしく、そういった人物もいるからこそ「塔」の偉い人たちが豪奢な生活をしていても、民衆の不満はそこまで溜まらないのだろう。

「よし——行こう」

準備が完了すると、ラヴィアとともにホテルを出た。ふたりともフードつきのマント姿だが、同じような格好をしている冒険者は珍しくないので目立つことはなかった。

聖都アギアポールの城壁を出た郊外に広がる森林地帯に、工房はある。ふたりは「隠密」を使い、人々に紛れて街の外へと出た。工房があるという地点まではかなり距離があるので馬を使いたかったが、馬は目立つから徒歩だ。

街を出て歩くこと3時間、街道から外れた小道を進む。轍が残っているので馬車の往来はあるようだったが、なにかとすれ違う気配はまったくない。

森の入口に着いたころには夕陽が差していた。すっかり秋も深まり、日没は早くなっているが、ポーンソニアの王都よりも気温は高かった。

「ふぅ……それにしても遠いな」

「毒の製造だもの、街中には工房を置けないでしょう。――日没までもう少しあるのに、森の中は暗いのね……」

　不安げに森の奥を見ているラヴィア。

「アギアポール周辺は温暖な気候だから、植物も繁殖しているからね。枝が広がって日光が差さないんだよ。日中もさほど明るくないと思うよ。……このまま行く予定だけど、大丈夫？」

「行く。ヒカルといっしょなら怖くないわ」

　と言いながらもラヴィアは、ヒカルの腕にしっかりとつかまっていた。

（ちょっと歩きにくいけど……それは言わないでおこう）

　工房の破壊という目的には、ラヴィアの火魔法は絶対に必要になるとヒカルは踏んでいた。暗い森が怖くとも、がんばってついてきてくれるラヴィアには感謝しかない。

「……こうして暗い森を歩くのは、前に『幽谷雷蛇（ラーヴァン・サーペント）』を倒しに行って以来だね」

　あのときはナイトブレイズ公爵のひとり息子である、ガレイクラーダにかけられた呪いを解くためだった。辺境の賢者と呼ばれるブリンクラに大蛇の血をたっぷり持ち帰った。

「そう言えば、ブリンクラさんもマンノームよね？」

「うん。あのときは禁術である『煉獄の楔』の解き方を教えてもらったんだっけ。『呪蝕ノ秘毒』も同系統の呪いと毒の組み合わせ……」

「マンノームは呪いについて詳しいの？」

「どうだろう。ウンケンさんはそうは見えなかったし、皇国のスパイたちも詳しそうではなかったよ。ブリンクラさんは、師匠から教わっただけだろうし」

「あ、そっか」

ヒカルは、ウンケンから教えられた「ランナ」という名のマンノームについて思い出していた。

彼女が教皇に語ったという「マンノームの秘密」。

そして彼女が行っている「禁忌に触れる研究」。

「マンノームという種族は、教会と関係が深いのかな？　でなければ、追放された研究者がいきなり教皇に気に入られたりすることはないと思うんだけど」

「ええ……。聖ビオス教導国の教皇聖下は、ポーンソニア王国の貴族程度では会うこともできないはずよ」

「であれば、ウンケンさんが語らなかったなんらかの事情も関係しているということか。とはいえ、僕らがこれからすることに変更はないんだけど」

さらに歩き続けること2時間ほど——「隠密(おんみつ)」を使っているおかげで、モンスターらしいモンスターとも遭遇することなく、ヒカルの「魔力探知」は複数の反応を捉えた——。

「あぁあああああ、思い出すだけで腹が立つ！　どうしてどいつもこいつもあたしの研究成果を活かすことができないのよ⁉」

投げられた金属製のコップが壁にぶつかり、葡萄酒をぶちまけた。

「ひっ……⁉」

「さっさとどっかへ行って！　あたしをひとりにしなさい！」

「す、す、すみません……！」

給仕をしていた女は、頭を下げることも忘れて逃げるように部屋から出る。

窓のない廊下は空気が淀んでいるが、魔導ランプのおかげで十分に明るい。

「どうだった？」

「めっちゃ怒ってるよ、怖いよ」

「そっとしとこ」

給仕の女たちは逃げるように去っていった。

一方室内には、白衣を着た女、ランナだけが残っていた。

「はぁ、はぁ……はぁっ」

ここはランナの私室で、乱れたベッド、すかすかの棚、やたら立派な机が置かれていた。机は立派であっても天板には書き損じや、なにがなんだかわからない魔術触媒などのゴミが散らかっている。

大きなダイニングテーブルは木目がそのまま出ている無骨な作りで、テーブルクロスも掛かっていない。食事の載ったプレート以外は紙やペンが散乱している。

「だから言ったんだ……『呪蝕ノ秘毒』に特効薬など作るべきではないと。しかも100倍の濃縮薬など……！　これで皇国は強気で攻めてくるぞ！」

プレートに載っているパンをぶちぶちちぎっては口に放り込む。椀に入ったオレンジ色のシチューが湯気を立てていた。

「だけどあのトラップを突破してくるほどのスパイが……？　先代のトップスパイだった『皇国の漆黒刃』が来ているとか？　だけどあの人は引退したはずだし……」

ランナはひとり、物思いにふける。「皇国の漆黒刃」とはウンケンの異名だ。

「……やっぱり、一度の侵入失敗でトラップを見極められたと考えるほうが正しそう。あぁあああああああ、クソッ！　クソッ！　クソッ！　あのバカ大司祭！　なにが『騎士を動かすには正当な理由が必要です』だマヌケが！　その騎士様のバカっぷりのせいで特効薬を盗まれたじゃないか！」

ランナが叫ぶと、廊下を通りがかった職員の男がびくりと肩を震わせ、そそくさと逃げていった。

そんなことにはもちろん気づかず、ランナはガンガンとテーブルの脚を蹴っ飛ばす。彼女の小さく細い肉体ではわずかにテーブルが動くだけだったが、蹴られた場所には何度も同じようにしたらしい汚れがたくさん付いていた。

ランナの脳裏に、彼女に毒の増産を命じた騎士団長の——テンプル騎士団すべてを取り仕切る男の姿が思い浮かぶ。

——お前がここにいていいのは、教義を広めるためだ。言い替えれば反抗的な皇国を屈服させ、さらに獣人どもを殺す武器を作れるからだ。それができなければ、マンノームなど獣人と変わらぬ。

完全に、ランナを見下した目だった。獣人と変わらないとまで言い切られた以上、特効薬が盗み出された今、毒の増産を成功させるしかランナに道はない。

「この国もダメだ。ここもあたしの知性を活かすことはできない。マンノームの里の連中も頭が固かったが、ここはバカばっかりだ」

ふーっ、ふーっ、と息を吐く。

「……落ち着け、あたし。特効薬には限りがある。また感染を広げればいい。それにアインビストの獣人も、だ。連中を毒に感染させれば形勢を逆転させ、あたしの研究にももっと予算が下りるだろう。ここは我慢だ。我慢して教会の連中からもっと金を引き出すしかない」

葡萄酒(ぶどうしゅ)の入ったビンを手にしてそのままぐびりと飲んだ。

「ここはマンノームの里じゃない……あたしは、ひとりで生きていかねばならない」

ランナは酒に強くはない。すぐにも酔いが訪れ、彼女はテーブルに突っ伏してうとうとする。

まどろみながら夢見るのは、マンノームの里でのことだ。

彼女と同じくらいの、ヒト種族よりは頭ひとつ分以上は背の低いマンノームたちが、口々に言う。

――研究は結構だが「禁忌」に触れてはならない。

――お前のやろうとしていることは「禁忌」そのものだ。平穏を壊すことになるぞ。それは結果として同胞の命を危険に追いやることにもなる。

――これ以上、「禁忌」に触れるのならばお前を追放する。

ランナは叫んだ。

――バカ言ってんじゃないよ。なにが「禁忌」よ？　あたしが作ったのは「毛生え薬」よ？　欲しがってる人、いっぱいいたじゃん！　酒場のオッサンも、薬屋のジイさんも、欲しいって言ってたじゃん！

――定められし命運に逆らうことは「禁忌」だ。

マンノームの里での戒律は厳しかった。飲んでいい酒量も1日コップ1杯だの、肉は3日に1回だけだの、里全体が禁欲的で、修道院のような雰囲気さえある。

だからこそ、それがイヤで里を飛び出す若いマンノームも多かった。

他の種族が住むいわゆる「ふつうの街」に出れば、誰でも酒が飲めるし、肉なんて毎食出てくるし、金さえあれば娼館（しょうかん）に通ってセックス三昧だってできる。もちろん、金を稼がなければなにもできないし、自分の身は自分で守らなければならないという問題はあるが。

それでも里にいれば、安全は確保される。人間の3倍という長い寿命を、平穏無事に生きていける。そのぶん戒律が厳しく、変化を嫌う里の人々は、数多くの「禁忌」に縛られていた。

――クソ食らえだ。

ランナもいつかは里を出ていってやると思っていた。だが彼女より先に、里のほうがランナに「追放」を言い渡した。里の考えにどっぷり浸かっている親は、里の決定に従うことにした。

ランナが研究に夢中になったのは、研究には里にはない「可能性」があったからかもしれない。親はランナがいずれ「禁忌」に触れるだろうと勘づいていたはずだが、なにも言わなかった。言うことでランナとの関係が壊れる、その「変化」を嫌ったのだろう。

彼女の味方はどこにもいなかった。

だが構わないと思っていた。

見た目は10代だったが、すでに50年という年月を生きていたのだ。

連中が「禁忌」を嫌がるのなら、徹底的に足を踏み入れてやる——彼女はそう心に誓った。

ランナは強制的に追放される前に、重要な研究結果や魔術触媒を持てるだけ持って里を抜け出した——。


「ん……」

寝ていたらしい、と気がついた。袖がよだれでぬれてひんやりしている。

「まずい……今日中に量産体制の計画を立てないとと思っていたのに」

立ち上がり、強張っている首を伸ばしながら廊下へと出る。深夜の時間だからか廊下は静まり返っていた。

「まずは在庫の確認、それから製造ラインの見直し……」

ぶつぶつ言いながら工房へと入っていく。

彼女が足を踏み入れると、100メートル四方はあろうかというスペースに明かりが灯った。数十と設置されているすべての魔導ランプが一瞬で点灯するが、そのうちのいくつかは燃料切れか、あるいは故障か、消えたままだった。

木材を組み立てただけの簡素な長机がいくつも並んでいる。中央には巨岩で作られた祭壇のようなものがあり、魔術回路が刻まれていた。祭壇には多くのビンが載せられていて、毒々しい紫色を放っている。

まさにそれこそが「呪蝕ノ秘毒」を特別な毒たらしめている仕掛けだった。

長机で毒の調合を行い、祭壇でその毒に呪いをかける。

「一度に呪いを施せるのはビン20本が限界。およそ8時間で呪いは完成となる。今までは日中に毒の調合、寝ている間に呪いをかけてきた」

有効に時間を使えていると思っていたが、これ以上の量産を望むのならば、他のやり方が必要となる。

「毒の調合スペースを増やして、祭壇を8時間ずつフル稼働させれば3倍か……」

それは現代的な3交代シフト制の発想だったが、日の出とともに起き、日が暮れれば仕事を終えるこの世界では例を見ないものだった。

「祭壇をもうひとつ作るのは難しいからな……」

実のところこの祭壇は特別製で、岩石の魔力含有量のバランスが「呪蝕ノ秘毒」を作り出すのに非常に都合がよかったのだ。

「よし、これでいこう」

働く人間の不満を一切考慮しないで、ランナはそう決めた――ときだ。

「――え？」

ゴウッ、と音がして空中に業火球が現れたと思うと祭壇を直撃し、炎が祭壇を、製造中の「呪蝕ノ秘毒」を燃やしていく。

「え？　え？　え？」

強力な魔法発動を感知して警報システムが発動。耳障りな金属音が、工房中にけたたましく鳴り響いた。

そのときランナは黒い影が二つ、工房からするりと抜け出ていくのを見たような気がしたが、それどころではない。

「誰か！　誰か!!」

大声を上げたがそうすぐにはやってこない。この工房に併設されている宿舎にはここで働く労働者が20名ほどいて、警報が鳴れば向こうでも気がつくはずだ。

燃えていく。毒を作る要である祭壇が燃えていく。強力な魔法のせいで岩石に含まれる魔力バランスは大きく崩れたはずだ。

これではテンプル騎士団長の求める毒の増産どころか、これまでどおりの生産すらおぼつかない。

ぎりぎりっ、と歯ぎしりする。彼女は走りだし、工房の奥にある厳重にロックされている扉を開ける。

自分に残された手段は、あとなにがあるか――。

その部屋からはムッとするような獣のニオイが迫ってきた。

それよりも少し前——工房から出てくる2人のメイドをヒカルは見た。

「ふー、こんな遅い時間までお仕事とか聞いてないんだけど。住み込みで、三食ついて、お給金もいいのは確かなんだけどさー、もうキツいのよ、夜は」

「わかるわー。それで朝ゆっくりならまだしも、ふつうに早いからね」

「ねー。大体なんの工房なのよここ。白衣着てる人たちはなんだか陰気だし、遅い時間まで仕事してるし」

「そのあとに掃除しなきゃいけないあたしたちの身にもなってみろって？」

「そうそう」

ぶちぶち文句を言いながら彼女たちは去っていった。

どうやら使用人はここで毒を製造していることを知らないらしい。知っていたら働きたいだなんて誰も思わないだろう。

彼女たちをやり過ごし、ヒカルはラヴィアとともに工房に侵入した。

工房にも多くのトラップが仕掛けられていたが、「魔力探知」のレベルが最大であるヒカルにとって、たいした障害ではなかった。同種のトラップを「塔」で見たというのも大きい。

工房内に人けはほとんどなく、ただひとり眠っているらしい人物以外はもぬけの殻だった。

そして毒の製造施設を見て——ヒカルは悩んだ。

「……これ、なにをどう壊せばいいんだろう？」

「うーん……」

全部燃やしてしまうこともできるが、そうすると隣の宿舎に延焼して大惨事になりかねない。事情も知らない使用人が焼死でもしたら、あまりにかわいそうだ。

在庫と材料を燃やすこともできるが、それだけではすぐにまた製造を再開されてしまうだろう。

そうなると怪しいのは祭壇だが——と考えていたところへ、誰かがこちらへやってくるのに気がつき、物陰に隠れた。

（あれは……あれが例のランナか？）

見た目は背の低い少女のようだが、偉そうな歩き方といい、ふてぶてしい顔つきといい、そのようだ。

彼女がぶつぶつ言っている言葉をヒカルは聴き取り、にんまりした。

「ラヴィア、あの祭壇を壊して」

　あの祭壇こそが毒を作るカギ。そして祭壇をもう一度作るのは難しい——それだけ聞けば十分だった。

「わかった」

　ラヴィアが放った火魔法が祭壇を破壊し、焼き尽くす。熱風がヒカルたちのいる場所へも押し寄せてきて、あわてて外へと逃げ出した。

　背後で、大きな警報音が鳴る。

「でも、壊すのはあの人がいなくなってからでよかったんじゃないの？」

「そういうわけにもいかなかったんだ」

「？」

「僕らは急いで脱出しないと——」

　ふたりが建物の外へと出たときだった。

「ッ‼」

「きゃ⁉」

　ヒカルはラヴィアを抱きかかえて横へ跳んだ。

　直後に、ふたりがいた場所に斬撃が走る。

　斬撃——と言っていいのだろうか。それは突風のようで、しかし鋭く、たやすく地面を割り、衝突した扉を真っ二つにし、建物の壁を破壊したのだ。

その斬撃は白い焔のようでありながら、電撃のような余韻を残して宙に溶けて消える。

「あれ？　当てたと思ったのに逃げられたな。それになんだか見にくい。これは夜の闇のせいというわけではなさそうだ」

ふらりと現れたのは、金髪をかきあげる仕草もキザったらしく見える男だ。

(あの剣がヤバイ)

剣そのものは刃渡り1メートルと少しのクレイモアだ。巨大な剣ではあるが、両手でしっかり持てば振り回すことができるだろう。

刀身には見たことのない文字が彫り込まれていた。しかも美しい剣で、柄には革が巻かれている。

持っている剣から発せられる魔力量は半端ではない。まるでそこに巨人が立っているかのように見えるほどだ。

それを探知できていたからこそ、ヒカルは早めに破壊して早めに離脱したかったのだ。

「イグルー様、何事ですか!?」

「ふふっ、大丈夫さ。ちょっとこそ泥を捕まえるだけ……君たちはベッドにお帰り」

男が言うと、メイドたちは怯えた顔で下がっていく。

この男は宿舎から出てきたらしい。

（イグルー、だって？　イグルー、イグルー……イグルー＝フルブラッド!!）

ヒカルの脳裏に雷光のようによみがえるのは、アインビストで行われた「選王武会」での記憶。相対した弓使いのライバーはかなりの使い手だったが、彼の所属していたパーティー「ライジングフォールズ」のリーダーが、イグルー＝フルブラッドだった。

リーダーである以上、ライバーよりも腕前は上だと考えたほうがいい。

しかも厄介なのは、「隠密」を使っているのにヒカルの位置を突き止めて、攻撃を撃ち込んできたことだ。

宿舎からは何事かと多くの人間が出てきており、数人が工房へと駆けていった。

「どうする、ヒカル」

「……逃げよう」

ヒカルの「隠密」は、最高レベルの能力を誇っているはずだが、ラヴィアもいるために「集団遮断」の使用となっている。イグルーはこのレベルの「隠密」を破り、こちらをなんとなく感知できるようだ。ただ、正確な位置まではつかめていないらしく、ヒカルたちが動くと視線が追ってくるが、若干ズレたところを見ている。

「ふうん……そう簡単には逃がさないけどね」

イグルーは、ぬん、と両手で剣を構えると無造作に振り抜く――刀身に白い光が宿り、斬撃となってヒカルたちのいる場所へと飛来する。

ヒカルはラヴィアの頭を押さえつけ、その場に伏せる。

斬撃は頭の上をすり抜けて木々に当たるや、引きちぎるような音とともに幹を真っ二つに切り裂く。

(デタラメだろあの武器⁉　なんだよこの攻撃範囲は！)

みしみしと音を立てて倒れる木々を見て、ヒカルがぞっとしていると、

「おお、あれがウワサの聖剣……！」

「イグルー様が教皇聖下から下賜されたという剣か‼」

「カッコイイ〜！」

宿舎から出てきていた人間たちがのんきな声を上げた。

そして、ヒカルとラヴィアが逃げていくべき方向からも人の気配がやってくる。

「——この先に工房があるぞ‼　人っ子ひとり逃がすなよ‼」

規則正しい足音とともにやってくる数十人の気配。彼らが身に着けている金属鎧——その魔力パターンには覚えがある。

「……テンプル騎士団が来る」

こんな夜中になぜ、とか、こちらの行動が完全に読まれていたのか、とか様々な思考が頭をよぎるが、今はどうやって逃げるべきか考えなければ。

囲まれている。

どうする――。

「このタイミングでテンプル騎士団か……僕もツイてないな」

森の中にちらちらと見える魔導ランプに、はぁ～とやるせないため息をイグルーがこぼした。

「おい、そこに隠れているヤツ。僕の目を盗んで逃げられるとは思わないことだ。隠れ続けるのであればお前のいるところに攻撃を放つけど」

しかし闇からは沈黙しか返ってこない。

イグルーが舌打ちすると、

「イグルー＝フルブラッド殿！　ここは我らテンプル騎士団第6隊にお任せください」

出てきたのは、ひときわがっしりとした体格の騎士だ。おそらく隊長だろう。

「任せるだって？　君たちになにを任せろと？」

「皇国の犬は我らが捕らえるということです」

「君たちに敵の姿は見えているのかな？」

「それは……。しかし、現在は部隊が周囲に展開しております。我ら騎士の間をすり抜けることはいかなる気配を断つ達人でも不可能でしょう」

「ふーむ」

イグルーがあごをなでたのは、隊長の言うことにも一理あったからだ。イグルーは、はっきりとはいかないがなんとなく敵の位置はわかる。それを教えてやれば騎士たちが勝手に捕まえてくれるだろう。

癪なのは、手柄が自分だけのものではなくなること。イグルーは手柄に対して貪欲だった。そうでなければランクAの冒険者になんてなれるわけがない。

だがここで我を通し、逃げられでもしたら目も当てられない——それだけの損得勘定もできる男だった。

「わかった。それじゃ、敵の居場所を教えてやるよ。——この剣の指し示す先。50メートルほど行った木々の陰だろう」

「ご協力感謝いたします。——第6隊、移動するぞ！」

およそ100人ほどの騎士たちが移動する。真っ暗な森だというのに、彼らの動きに淀みはない。ものの1分も経たずに包囲は完了していた。

「……動きはないな。どうしてだろう？　囲まれる前に逃げたほうが可能性はあるだろうに。まあ、そんな動きを見せた瞬間に僕がこれで仕留めていただろうけどね」

イグルーが肩に担いでいた聖剣は、ポゥと小さく光を放った。

ヒカルはラヴィアとともに、木々の間に身を隠しながら息を殺していた。

周囲を騎士たちが取り囲んでいる。彼らの持っている魔導ランプは夜の闇と森の暗さを拭い去るにはあまりにも心許(こころもと)なかったが、それでも数が増えればヒカルの足元にも光が投げかけられる。

「……ヒカル、魔法を使う？」

ラヴィアがたずねる。

常識で考えれば、それが突破口になり得る。ラヴィアの最大火魔法「業火の恩恵(フレイムゴスペル)」ならば数十人の騎士を焼き払えるだろう。あるいは「贖罪の聖炎(アトーンメント・フレイム)」でもいい。この聖属性と火魔法との混合(ミックス)魔法は、人間への殺傷能力はないが派手だ。初見の相手は驚いて回避するだろうから、そこを狙えば突破できる。

(だけど、気になる……)

ヒカルが警戒しているのはイグルーだった。彼の持っている剣は強力だが、彼自身の能力も気がかりだ。ヒカルはイグルーと同じパーティーであるライバーと戦ったが、ライバーの弓の実力は人間離れしていた。イグルーも同等か、それ以上の力を持っていると考えたほうがいい。

(ここで逃げ出したら、イグルーの思うつぼなんじゃないか……？)

彼のソウルボードを確認したい。だが、そこまでは近寄れない。

(となれば、やっぱりラヴィアの魔法でいくしかない。不安は残るけど……時間切れだ)

イグルーは動きを見せず、テンプル騎士団に任せるようだ。

「ラヴィア、詠唱を」

「なににする？」

「……『贖罪の聖炎』でいこう」

「わかった」

ラヴィアが詠唱を始めると、彼女の身体が淡く輝いて魔力が高まっていく。それを「隠密」の「集団遮断」がかき消していく。

（大丈夫だ、僕の能力は逃げるのに特化しているんだ。これが効かなかった相手はいないじゃないか）

それでも、ぺったりと残っている――拭い去れないガラスの汚れのような不安が、ヒカルの心にはあった。

ラヴィアの詠唱が完成する――ときだった。

「――ッ!?　ラヴィア、止めてッ」

バキバキバキッ、という木材の折れる音とともに、工房の一部が崩落した。

騎士たちはそちらへの注意が欠けていた――まさか、毒を製造している工房に異変が起きるとは思いもよらなかったのだ。

隊長は即座に命令を発する。

「第1班、第2班、第3班は包囲網の維持！　第4班は工房へ行け！」

了解の声が聞こえ、闇の中、練度の高い動きで騎士たちが展開する。さらに20名を超える騎士たちが工房へと向かう。

工房は、つい先ほどの崩落音がウソのように静まり返っていた。

淡い月明かりの下、建物の一部が欠け、土煙が舞っている。

そっと騎士たちは近づいていく。すでに抜刀しており、白刃（はくじん）がきらめいていた。

宿舎から出てきている使用人たちが固唾（かたず）を呑（の）んで見守り、イグルーも森へとしっかり注意を向けながらも、ちらりと工房にも視線を送る。

「誰かいるのか!!　無事か!!　返事をしろ!!」

先頭の騎士が、崩落した屋根の残骸に近づいた。

「おい、誰かいる――」

そのとき、突然ピンク色のものが、ムチのようにしなって彼の身体に巻きついた。

そして彼は逆「く」の字になって、ギュンッと工房内に引っ張り込まれた。

それは一瞬のできごとで「あっ」という言葉すら誰も漏らすことがない。

引きずり込まれた向こうで、「もぐあっ、がっ、むっ」というくぐもった声がして、金属がへし折られるような音、水が滴る音が聞こえてくる。

「ひっ――」

つい今し方消えた騎士のすぐそばにいた、同僚の騎士が息を呑む。

なにかがいる。

そういえばこの建物は、毒を製造する怪しげな研究者の工房だった――と今さらながらに思い当たる。

命令があればどんな強敵にも突撃する騎士であっても、さすがに未知なるものは恐ろしいようで、一瞬の逡巡が生まれた。

そのときだ。

『ギユオオオオオオオオオッ!!』

叫び声が衝撃波のように響いて、騎士たちをその場に釘付けにする。直後、工房の壁が吹っ飛んで、中から――そいつが飛び出してきた。

騎士の数人と、宿舎前にいた使用人が巻き添えを食ったが、他の人々は犠牲者に思いを馳せるどころではない。

そいつは象のように太い両足で立っていた。だが上半身はトカゲのような皮膚であり、身の丈は10メートルほどもある。トカゲ頭に大量の埃が積もっているのは、立ち上がって屋根を破壊したせいかもしれない。

異様なのは腕だ。

かぎ爪の付いた腕、毛むくじゃらのゴリラのような腕、人間に似ているが紫に変色した腕――それぞれ丸太ほどに太い腕が、3組も付いている。

合成獣(キメラ)だ。

「天使」を生み出したのと同じ技術で作られたのであろう、バケモノ。

顔や身体に血が飛び散っているのは、さっき騎士を引っ張り込んだときのものだろうか。

「――っぃやああああああ!?」

メイドや使用人たちが叫び声を上げて、宿舎に逃げ込む。

キメラが動きだした。巨体を支える足が地面を踏みしめるたびに、大地が揺れる。

「あっ――」

逃げ惑うメイドのひとりが、前のめりに転ぶ。だが仲間の誰も立ち止まらない。それはヒカルが見かけたメイドであった。

振り返った彼女の目に絶望が宿る。すぐ後ろにキメラが立ち、トカゲの口を開くと――そこにはぬらりとしたピンク色の舌。先ほど騎士をつかんだ伸縮自在の舌があった。

「ふっ!」

だがそこへ白の斬撃が飛来する。

イグルーが振り抜いた大剣から発せられた斬撃が、キメラの背中を直撃する。

『オォッ、アアッ、アアアアア！』

「チッ、浅い」

すぐにもキメラはイグルーの方を向いて、血走った目でにらみつける。

イグルーの言ったとおり、斬撃は確かにキメラの背中を切り裂いたが傷口は浅く、わずかに血が流れているにすぎない。

『オァッ、オゥ――イデェ、ダろぉ、あニしやがルゥゥウウウウ……』

キメラが人間の言葉を発した。

まさか言葉を発するとは思わなかったのだろう、イグルーは一瞬呆けた顔をした。

さらに、キメラの腹部に現れたでっぱり――人間がへばりついているように見えるでっぱりに、イグルーは気を取られた。

「――イグルー殿!!」

騎士隊長の声で我に返ったイグルーは、こちらに迫っているキメラに気がついて、舌打ちをしながら横に走ってかわした。幸い、キメラの速度は鈍重だから問題なく回避できる――はずだった。

『ギュルッ』

「!?」

爬虫類のような目が、走るイグルーを見据える。次の瞬間口を開くと、そこから舌が飛び出した。

とっさにイグルーは大剣を振ろうとするが、舌は刀身に絡みつくと、無理矢理イグルーの手から剣を奪い取った。

「あぁっ!?」

刃の切れ味に舌から血が滴り落ちるが、キメラは気にせず剣を呑み込んでしまった。

一方、茂みに潜んでいたヒカルは、騎士たちの包囲網が崩れたのを察知した。突然現れたキメラへの対応で、森に展開していた騎士たちも工房方面へと移動したのだ。

「ラヴィア、君はここにいて」

ヒカルが見ていたのは剣を奪われたイグルーでもなく、戦闘態勢に移行する騎士でもない。

腰を抜かしているメイドだ。

彼女たちはここでなにを作っているのかも知らずに働いていた一般市民だ。できることなら助けてやりたい。

「魔法を撃ってほしいときには合図を送る。今ここで撃ったら多くの人が巻き込まれる」

「でもっ、ヒカルは――」

「行ってくる」

ヒカルが「隠密（おんみつ）」を全開にして飛び出していくと、彼の動きを視線で追っていたラヴィアですらすぐに見失ってしまった。夜の闇が味方したヒカルの「隠密」能力は、今日も絶好調だ。

「……ヒカル」

ラヴィアもまた「知覚遮断」を持っており、それを使えばイグルーのような妙な能力を持っている者以外には気づかれないだろう。

すぐそこではキメラが叫び、騎士がそれを取り囲んでいる。

イグルーは騎士に守られるように下がっていきつつ「騎士よ、僕の聖剣を取り返せ」と声を上げていた。

（わたしは……役立たずだ）

騒動の外、森にたたずんだラヴィアはひっそりと思った。その感情は闇のように暗く、胸のうちに広がっていく。

（ヒカルはわたしの魔法が必要となるかもしれないと言ってくれた。必要としてくれた。だけどわたしの魔法は欠陥品……）

強力な火魔法は長所だが、逆に言うとコントロールが極めて難しい。今、ラヴィアの最大火魔法である「業火の恩恵」は、力の加減ができず、飛来する炎の行き先をなんとか変えるくらいしか制御できないのだ。

使い勝手が悪すぎる。

さっき祭壇を破壊したが、それは火薬や魔道具でも可能だった。

(ヒカルひとりで全部できた)

ここに隠れているのだって、ヒカルひとりならば「隠密」を最大限に活用できるだろう。もしかしたらイグルーにもまったく気づかれなかったかもしれない。

ヒカルは自分を頼ってくれる。

だけれども、自分がその期待に応えられていない——ラヴィアはそう感じていたのだ。

(こんなんじゃ、ダメ。ヒカルの恋人としてふさわしくない。わたしはもっと……もっと、がんばらなくちゃ)

そう決心したときだ。

がさり、と藪を踏む足音が聞こえた。

キメラが騎士たちのほうへ向いたのをいいことに、ヒカルは全速力でメイドのところへ駆けていく。

「大丈夫か」

「——え、えっ⁉」

「立てるか、逃げるぞ」

腰を抜かしたままの彼女に手を貸して、無理にでも立ち上がらせる。

メイドは、突然現れたヒカルが何者なのかまったくわからなかったが、自分を助けに来てくれたことには気がついたらしい。

まだ足元がおぼつかない彼女に肩を貸して歩かせる。だがそのとき、ヒカルは背後に気配を感じる。

『ギィイイッ！』

「ちっ」

「きゃあっ⁉」

ヒカルはメイドを突き飛ばした。

キメラがこちらに気がつき、ピンク色の舌を射出したのだ。眼前に迫るそれを、ヒカルは腰から抜いた「腕力の短刀」で斬り飛ばす。

《ギュウアアァッ⁉》

数十センチではあったが舌は切られ、血が噴き出した。だがこの交戦で騎士たちがヒカルの存在に気づいた。

「おい、あの黒いのは誰だ」

「メイドを突き飛ばしたぞ！」

「あれが侵入者か!?」

数人の騎士がこちらに走ってくる。今ここで騎士とキメラを相手取って戦うのは圧倒的に不利だ。

ヒカルは近くに倒れているメイドにちらりと視線を向ける。

「あっ……」

なにか言いかけたメイドだったが、その後に言葉は続かない。なぜなら話しかけるべき相手は闇に溶けるように消えてしまったからだ。

（騎士ならばメイドを助けてやるだろう）

「隠密（おんみつ）」を発動しながらヒカルが走りだすと、案の定、騎士たちのひとりがメイドを助け起こした。

（それよりもこのキメラだ）

キメラはヒカルを見失い、大声を上げて暴れ始めた。身体をすっぽり隠せるほどに大きなカイトシールドを一列に構えた騎士たちだが、キメラの振り回す剛腕をまともに食らうと吹っ飛んでしまう。

「テンプル騎士団！　ちゃんとあのバケモノを討伐できるんだろうな!?　あいつの胃袋の中には僕の剣があるんだぞ！」

「……イグルー殿。聖剣は教皇聖下のもの。一時的にあなたに貸与しているにすぎません」

「僕がもらったのだから僕のものだ！」

「ならばしっかりと握っていればよかったものを……」

「うるさい、早く討伐しろ！」

イグルーと騎士隊長が言い合いをしているのが、ヒカルのところにまで聞こえてきた。

（あいつ、ただの冒険者よりはまともな動きだったし、勘は鋭いみたいだけど……ランクAとか言われると微妙だよな？）

少なくとも、弓使いのライバーよりは動きが劣るだろう。

（もしかすると、装備の性能で過剰に評価されているだけなのか……？　だとすると、あいつがアインビストに対してアクションを起こさないことも納得できるけど）

妹や仲間が捕縛されているアインビストに対して、イグルーはなにも行動を起こしていない。聖ビオス教導国が動いていることは十分あり得るが、それにしても冒険者ならば自分自身で行動したいと思うものだろう。ランクAともなれば——人間離れした能力を持っている冒険者ともなれば、なおさらだ。

だがイグルーが、強力な魔力を帯びた剣を振り回すことしか能がないのならば、なにもしない、なにもできないというのも理解できる。

（残念なのは、ここでキメラと戦うのになんの役にも立たないってことだな……）

ため息をついてヒカルはキメラを見やる。

巨大な身体、多様な攻撃手段、そして強大なパワー。

（僕の「暗殺」で、なんとかなる相手なのか……？）

ヒカルの「隠密（おんみつ）」は効いているようなので「暗殺」は発動する。だが、キメラの身体はあまりに大きく、ヒカルの武器はあまりに小さい。

寸鉄、投槍器（アトラトル）、「腕力の短刀」だけだ。

巨大なモンスターにはラヴィアの魔法が有効だが、ここで撃ったら絶対に騎士たちを巻き込む。宿舎に飛び火したら、そこに避難している人たちも危うい。

（いっそのこと逃げるか……こんなキメラが出てきたのはビオスの問題だし——）

と考えかけたが、ヒカルがここで逃げだせば騎士たちだけでキメラと戦うことになる。

「うわあぁっ」

「ぐっ……！」

キメラが暴れ、またも騎士が吹っ飛んだ。まるで人形を蹴飛ばす子供のようだ。

隙を突いて騎士隊長が切り込んでいくが、剣は胴体まで届かず、その足を切り裂く。だがその一撃も、皮が厚いせいか浅く傷つけるだけだった。そしてキメラはさらに激怒する。

（……騎士たちだけでは難しいか。全滅したら、次に狙われるのは宿舎に隠れている使用人たちだ……）

なんの関係もない彼らが犠牲になるとわかっているのに、なにも手を打たないなどということは、さすがにできない。

（——ああ、もう、仕方ないな）

ヒカルは「隠密」を解いた。

ここにいる人間でこのキメラをどうにかするしかない。

「おい、テンプル騎士団！　宿舎にいる使用人たちを逃がせ！　動ける人数がいる今のうちに！」

またも現れた黒い姿に、騎士たちがざわつく。

「なにを言うか！　貴様がこのバケモノを生み出したのだろう!!」

言い返してきた騎士隊長に、ヒカルは言い返す。

「違う！　アンタたちだって、毒を作ったり獣と人の合成を研究していることは知っていたんだろ！　これを創り出したのはランナ……」

言ってから、ハッとする。

そうだ——ランナは、どこだ？

足音のするほうへ、ラヴィアは走っていた。自身の「知覚遮断」のおかげで向こうは気づいていないようだが、森の中は歩きづらく、なかなか追いつかない。

だがちょうど、その人物は木に手をついて息を整えた——。

さやさやと風が吹いて木々の隙間から月光が差し込んでくる。そこにいたのは、工房の主であり騒動すべての元であるランナだった。

（追いついた——けど、どうしたら？）

物音がして、誰かが逃げようとしていると気づいて追いかけたのはよかったが、追いついてからのことは考えていなかった。近接戦闘はすべてヒカル任せだったし、ここで魔法を放ってもランナを焼き殺すだけだ。

（考えなきゃ。そう、考えて——ヒカルならどうする？）

先日の南葉島のダンジョン「魔錠の迷宮」では、ヒカルは麻痺したジルアーテを抱え、武器もない状態だった。そのとき彼が取った手段は、逃げること。ただ逃げるだけではない。ラヴィアとポーラが来てくれることを信じて時間を稼いだのだ。

（よし、決めた）

ラヴィアは「知覚遮断」を解除して口を開いた。

「——あなたは、これだけの騒動を起こしてどこに行こうとするの？」

「!?」

突然背後から声を掛けられ、びくりとしてランナが振り返る。ラヴィアはフード付きマントを着ているので向こうからは黒い影、それにうっすら白い——銀の顔としか認識できないだろう。

「アンタ、はッ……！　工房を焼いた侵入者!!」

ランナはすぐにピンときたらしく、憎々しげにラヴィアをにらみつけてくる。

「あたしがアンタたちになにをしたっていうのよ！　あたしの工房を焼いたりして！」

「……あなたの作り出した毒とキメラが、正当な理由もなく他国を襲ったのだから、当然の報いだとは思わないの？」

「思わないわよ。あたしが作ったのはただの武器。武器をどう使うかはこの国の連中が決めてるのよ！　あたしがひどい目に遭うのは理屈に合わないわ！」

「それでも、あなたは進んで非道の兵器を作ったのでしょう？」

話を進めながらラヴィアは念じている。ヒカル、早く来て、と。彼は「魔力探知」を持っているから、ラヴィアと誰かがいっしょにいることに気づくはずだ。そうしたら異常を察知してこちらに来るだろう。

ラヴィアひとりでは彼女を拘束できる自信がなかった。

「バッカじゃないの？　あらゆる武器は平和の裏返しよ。『呪蝕ノ秘毒』の研究が進めば、そのぶん呪いや毒を解除する研究も進む。アンタたちでしょ、特効薬を盗んだの。あの特効薬の性能を考えれば、この研究は平和にもつながってることがわかるはずよ」

「じゃあキメラは？」

「チッ……ああ言えばこう言う、めんどくせーヤツだな！　――ははーん、そうか、そういうことか？」

　ランナはにやりと笑う。

「つまりアンタ、無駄話をして仲間が来るのを待ってるんだな？　その隙だらけの立ち姿は、ただのド素人(しろうと)じゃん。アンタみたいな小娘、なにもできないんだろ」

「っ!?」

「そんな見え透いた策に引っかかるわけないっての！」

　くるりと背を向けてランナが走りだす。

　これはあまりに目立つので使いたくなかったが――ラヴィアは詠唱を始める。

「『我が呼び声に応えよ精霊。走る狐火より立ち上る炎は壁のごとく、向かい来る危うき心意を燃やし尽くせ――地走り炎壁(フレイムウォール)』」

　急ぎの詠唱はぎりぎり間に合った。走るランナの鼻先に、業炎の壁が立ちはだかり、驚いたランナが腰を抜かしてぺたりと座り込む。

　周囲は真昼のように明るくなった。

「いつだって、あなたを焼くことはできる」

ラヴィアは距離を詰めていく。あわあわと口をぱくぱくさせているランナは、ラヴィアの目には逃げる気を失ったように見えた。

「さあ、おとなしくじっとしていて――」

うまくいった。なんとか、ランナの動きを封じることができた。

胸がドキドキする。ヒカルはいつも、こんな駆け引きをしているのかとラヴィアは思った。

ベルトにつけた道具バッグからロープを取り出しながら近づくラヴィアは、ランナがうっすら笑ったことに気づかなかった。

ヒカルはすでに、ラヴィアがランナといっしょにいるのを感じ取っていた。ランナが逃げ出しているのにこの時点でようやく気づいたのだから、自分の不注意に唇を噛む。

「！」

向こうで、火魔法が炸裂して明るくなった。

「あれは『地走り炎壁』。ランナの逃走をラヴィアが止めているんだ……！」

急がねば。ラヴィアの運動能力が無残なほど低いのはヒカルがいちばんわかっている。

木々の向こうで、ラヴィアがロープを出してランナに近づいていくところだった。

だがランナが懐に手を入れている。

「待てッ――!!」

その声はわずかに間に合わなかった。

振り返ったランナはラヴィアの顔になにかを掛けた。そして、驚いたように立ちすくんだラヴィアが――後ろにゆっくりと倒れていく。

それはまるでスローモーションのように。

「ラヴィア……ラヴィアァァアアッ!!」

走りだしたヒカルは即座にランナの前まで走り、「隠密(おんみつ)」を解いて声を発する。

「おい！　お前、なにをした」

突然現れたヒカルに、ランナはびくりとした。

「――誰？　ああ、アンタ、この小娘の片割れか？」

「なにをしたかって聞いてる!!　『呪蝕ノ秘毒』の特効薬は服用済みだぞ!!」

「くくくっ」

すでにフレイムウォールの火は消えており、周囲には木々の焼ける煙と、残り火がくすぶっているだけだった。

ヒカルがラヴィアを抱き起こすと、彼女の顔面に液体がかかっている。ヒカルの「魔力探知」では「呪蝕ノ秘毒」に限りなく似ている魔術式が見えるが――。

「……改良版『呪蝕ノ秘毒』さ」

ヒカルからじりじりと距離を取りながら、ランナは言う。

「このアタシが、天才研究者のランナ様が、毒を作って特効薬を作って、それだけで終わらせるわけないだろ？　これはさらに複雑な呪術を使っているし治す薬も用意していない！『呪蝕ノ秘毒』同様、魔法では治せない！　その小娘の命はあと数分ってところさ」

ヒカルは布でラヴィアの口元をぬぐい、その布を投げ捨てた。すぐそこには毒が入っていたであろう瓶が転がっている。ランナは自身が感染しないように、捨てた瓶から離れているのだろう。

「――――」

ヒカルは、ランナをにらみつけた。

内側から燃え上がる激情を押し殺し、自分に言い聞かせる。こいつを殺している場合じゃない。今やるべきはラヴィアを救うこと。

だが、膨れ上がった殺気がランナを震え上がらせる。

「あ、あたしに構ってるヒマはないんじゃないの！　後ろを見なよ！」

すでにヒカルの背後を指差し、逃げるように走りだした。

ヒカルも「魔力探知」で気づいている。それがなくとも、ずしんずしんという重い足音でわかっていた。

キメラがこちらに迫っていることを。

「……ご、ごめんな、さぃ、ヒカル……」

「しゃべらなくていい。君はなにも悪くない」

逃げだしたランナを追うのは後回しだ。ラヴィアの容態を確認する。呼吸は苦しそうで、仮面を外すと汗が滲(にじ)んでいる。肌にはすでに、黒い斑点が現れ始めていた——「呪蝕ノ秘毒」と同じ症状だが、あまりにも毒が回るのが早い。

ヒカルは急いでラヴィアのソウルボードを呼び出した。

【ソウルボード】ラヴィア　年齢14／位階22／4

【生命力】

【スタミナ】1

【魔力】

【魔力量】11—【魔力の理】2／【精霊適性】—【火】5

【敏捷性(びんしょうせい)】

【隠密(おんみつ)】—【生命遮断】0・【魔力遮断】0・【知覚遮断】3

【精神力】

【信仰】—【聖】3

南葉島のダンジョンでの戦いや、その後の旅路でモンスターを倒したことで「魂の位階」が2上がっていた。残りのポイントは4だ。【免疫】をアンロックし、【毒素免疫】に3を割り振った。

「すぅ……」

するとラヴィアの呼吸がかなり安定した。おそらくこれで時間稼ぎはできる——。

『ギュオオオオオオオ!!』

背後にはキメラが迫っていた。騎士たちはなにをやっているのかと言いたいところだが、彼らの囲いが突破されたということは、歯が立たなかったのだろう。

『おマエ……キケン……ごろずゥゥゥオオオオオオ!!』

ただ獣を合成しただけでは、言葉を話すことなどできないだろう。食った騎士の知性を取り込んでいるのかもしれない。

キメラの叫び声が木々を震わせる——だが。

「……黙れ」

ヒカルにはもはや、コイツは眼中にない。

『!?』

キメラの目にはヒカルの姿がかき消えたように見えただろう。「集団遮断」でその場を離脱したヒカルはラヴィアを大木の陰に横たえ、自身の「隠密」をフルで使用する。

『ギアアアアア!!』

キメラの象のような左足には、一本の投槍が刺さっていた。ヒカルが至近距離でアトラトルを突き刺したのだ。

ヒカルの能力「暗殺」を使うにしてもキメラは大きすぎる。しかし「周囲に被害が出ないように一撃で殺す」ことを前提としなければ、やりようはあるのだ。

周囲に騎士団がいないためにヒカルは自由に動ける。森の木々がキメラの動きを阻害する。

『ギッ!?　ギギッ!?』

きょろきょろと周囲を確認するキメラだったが、その直後にはまたも悲鳴を上げることになる。無傷だった右足に、次の槍が刺さっていたからだ。

『アアッ！　アアアッ!!』

キメラの巨体が地面を転げ、周囲は大いに揺れる。

（残り、3本――）

地面が揺れようがヒカルは気にせず、キメラに接近した。

『ギィッ!?』

その背中、大腿部、腹に次々と槍を刺す。

（まだだ）

懐から抜いた寸鉄をありったけ、キメラに突き刺していく。頭部への被弾は危険だとわかっているのか、キメラはかぎ爪のついた手で頭を抱えているのでそこは無事だったが、残りの腕を振り回しても、ヒカルはひらりひらりとかわしていく。

すでにキメラは身体中から血を流し、荒い息を吐いていた。

(これで、最後だ)

「腕力の短刀」を抜いたヒカルは、ふつうの動物なら心臓がある位置を狙って、深々と突き刺した。

『ッ!?』

キメラの身体が大きく震えたと思うと、腕で守るその向こう、トカゲの金色の目がヒカルをにらみつける。

「……人間に弄(もてあそ)ばれたお前の命には、同情する。だけど僕にも守らなければならない人がいる」

かぎ爪のついた手が振り抜かれるが、すでにそこには銀の仮面をつけた男はいなかった。

キメラはまだ生きている。だが瀕死(ひんし)の重傷だ。

いくら接近戦で後れを取った騎士たちとはいえ、まだ十分に動けるのが50人はいるのだ。このキメラならば仕留められるだろう。

ヒカルの姿が再度、闇に溶けた。

「第1班、負傷者15名ッ！　戦闘続行は難しいです！」

「第2班、負傷者ナシ、いけます！」

「第3班、負傷者若干名、戦えます！」

「第4班の応答がありません！」

「僕の剣を早く探せ！」

工房前には騎士が集まり、被害状況を確認していた。真っ先に工房へと踏み込んだ第4班の被害が大きかった。騎士隊長もまたキメラと直接戦ったために左腕を骨折していたが、簡単な回復魔法でしのいでいる。

その後ろでは、イグルーがキメラによって呑み込まれた剣を探せとわめいている。

「第1班は負傷者の救護、第3班は第4班を探せ。第2班は俺とともにバケモノを追う！」

「早くしろ！　僕の剣が胃液で溶けでもしたら許さないぞ！」

「…………」

イグルーを努めて無視して、騎士隊長は20名を超える騎士を引き連れて森へと踏み入った。

第2班に負傷者が出ていないのは、宿舎の使用人たちを逃がしていたからだ。その代わりに第1班と4班がキメラと戦うことになり、大きな被害が出た。

「……隊長、前方から煙のニオイと血のニオイが漂ってきます」

「煙と血……？　冒険者が野営でもしていたのか？」

「いえ、この森は国有林として登録されており、冒険者の立ち入りは禁じられています」

「ふむ……」

騎士隊長の脳裏には、姿を消した黒い影がよぎる。

彼がなにかをしたのだろうか。あるいはなにかしようとして、キメラに負けた……？

「隊長！」

先行していた騎士が声を上げた。

「バ、バケモノが、倒れています！」

「なに!?」

その1分後、彼らが目にしたのは大量の血を流しながらもまだ生きながらえているキメラの姿だった。

その身体には多くの傷がついており、小さな刃、槍のようなもの、そして心臓部分には短刀のようなものが突き刺さっていた。

それらはキメラの血によって黒く光って見えた。

「……黒き影の剣(シャドウブレイド)」

　思わず、騎士隊長はつぶやいていた。

「剣は⁉　僕の剣はどうなった⁉」

　それから10分ほどかけて、テンプル騎士団は念入りにキメラを殺した。イグルーの武器は無事にキメラの胃袋の中から——食われてでろでろに溶かされた騎士とともに発見されたのだが、柄の部分が溶けていたものの、その刀身は無事だった。

◇

　アギアポールは諸外国の首都に比べても、相当に洗練され、整備されている街だ。しかしそれでも、広い聖都すべてを整えることなどできるわけはなく、下層市民の住んでいる区画はやはり荒れていた。

　本来白く塗られるべき壁は、雨風や経年劣化で汚れたままになっていた。屋根も古く、雨漏りしているらしい。そんな教会にやってきたのはルヴァインだった。すでに礼拝堂で待っていた修道服を着た老人が、頭を下げる。

「これはこれは助祭様。今日はよろしくお願いいたします」

「はい、わかりました」

「あちらに助祭様の休憩室をご用意しております。今、お茶を淹れましょう」

「いえ、お構いなく。ほんとうに」

「さようですか？　では……」

ふだんの大司祭の姿ではなく、外を出歩くときのために用意してある助祭の僧衣を着ている。身分を偽っているのは、気を遣わせないためと、大司祭が「無料で治療」をしてしまうと大量に患者が押し寄せてしまうからだった。とはいえ、助祭レベルであっても「無料」となると多くの患者がやってくるのだが。

この教会での治療行為は、ルヴァインが神学校を卒業してすぐ、働き始めてから割り当てられた場所でもある。ルヴァインの地位が上がってからは他の者に任せたのだが、後任者は治療をサボり、ルヴァインが「やれ」と命令すると、今度はやりはするのだがあまりに態度が悪く、周辺住民はさらに怒るという有様だった。

結果、ルヴァインが自分で治療をするようになったのだが、こんな教会が聖都内に5か所ある。ルヴァインは地方を回って回復魔法を使う以外にも、聖都内でも同じようなことをしていたのである。

「ふう……」

休憩室に入って一息ついた彼の姿は、あまりにくたびれていた。朝だというのにこの調子では、押し寄せる患者——評判がいいために周辺だけでなく広範囲からルヴァインの治療を求めてやってくる――たちをさばくことができるのか。

だけれど、やるしかない。

ぎゅっ、と拳を握りしめたときだ。

「――アンタがルヴァインか」

「!?」

誰もいないはずの――少なくとも部屋に入ったときには誰もいなかったはずなのに、声がした。

あわてて振り返ると、マントを着て銀の仮面で顔を隠した人物がそこにいた。そしてもうひとり、簡易ベッドに横になっている姿は――少女のようだ。

「その子は……!」

ルヴァインは目を見開いた。見れば、彼女の手には黒い斑点がうっすら現れている。それが「呪蝕ノ秘毒」による症状だというのは、ルヴァインも知っていた。

「バ、バカな。アギアポールで感染者が出るなんていうことは……いや、それよりも、その子の毒は回復魔法では治せないのです。ただ、特効薬が『塔』にありますから、それを」

しかし銀の仮面の男は首を横に振った。

「これは特効薬では治せない。改良を加えられた毒だ」

「改良⁉　君はなにを言っているのです——い、いや、君は何者……」

ここでルヴァインはハッとする。フード付きマントに、銀の仮面。気配を消すことに特化した能力の持ち主であり、「選王武会」にも現れた——。

「白銀の貌(シルバーフェイス)……⁉」

彼のマントやツナギの服は汚れているようだった。生臭い、獣のようなニオイがルヴァインの鼻をつく。

「おれの名を知っていてくれて光栄だよ。さあ、早く治せ」

にじり寄られ、後ずさるルヴァインの足がイスを倒す。

「し、しかし、これは魔法では治せないと……」

「アンタが治せるようになれば、救われる人間も出てくるだろう」

「それはどういう……？」

「さっさとやれ。今のアンタなら『破縛の解毒』を使えるはずだ」

「『破縛の解毒』——」

知っている。ルヴァインはその魔法を知っていた。

だが教会による治療の現場ではまず使われないような魔法で、ルヴァインも知識としては知っているものの、

「わ、私は、その魔法を一度も使ったことがありません」

「大丈夫だ。アンタならできる」

「ですが――」

「目の前に、苦しむ患者がいて、アンタはそれを見捨てるのか？」

「…………」

ルヴァインは気づいたことがあった。シルバーフェイスは自分が回復魔法の使い手――それも無料で患者を救うというアギアポールでも稀な教会関係者だと知っていて話しかけてきている。だが一方で、大司祭ルヴァインであることを知らないのではないか？　彼の態度は、あくまでも助祭や修道士に対するそれだ。

（ここでシルバーフェイスの仲間を治療したら教皇聖下になにを言われるか）

そんなふうに、保身を考えるルヴァインがいる一方で、

（……私は、自らの力では教皇聖下のお間違えを正すことはできません。しかしこの男なら……。シルバーフェイスはすでに教皇聖下のお考えに背いている）

自分ができないのであれば、この男に託したほうがいいのかもしれないという思いも頭をもたげていた。

教皇はすでに、「教会の教え」ではなく「自分の考え」に従わないものを片っ端から罰するという道を突き進んでいる。「教会の教え」はすなわち、過去の聖人たちによる教えだ。過去の聖人を否定し、「自分の考え」を推奨するやり方は、元来の教会のやり方では

ないし、ルヴァインの面倒をよく見てくれた名誉大司祭の考え方ともそぐわない。

気づかなかったことにしよう、とルヴァインは思った。自分は患者がいたから回復魔法を使う。それだけだ。ふだんから相手の素性の確認などしていないのだから。

「……わかりました。『破縛の解毒』を使ってみましょう。ですがそれで治るかどうかは……」

「治る」

「…………」

断言するシルバーフェイスが気になるが、ルヴァインはカバンの中から、回復魔法の文言が書かれている祝詞集(のりとしゅう)を取り出した。新人時代にはすり切れるほどに読み込んだこの本も、最近では開くことも少ない。それだけ、常時使う魔法に慣れ、逆にあまり使わない魔法には見向きもしなくなった自分がいるということだ。

(ランナさんは、魔法では治せないと言い切っていました……検証に携わった回復魔法使いたちも同じ意見でした。しかし誰も「破縛の解毒」は試していません。この魔法は発動だけでもかなりの難易度ですから)

ルヴァイン自身、過去に試してみたときには、一度も成功しなかった。

だがシルバーフェイスは自信満々に、ルヴァインならできると言っている。

「では……」

シルバーフェイスが横に退き、ルヴァインは眠る少女の横に立った。少女の息は浅く、生命力は相当に弱まっているように感じられる。急いで処置をする必要があるのは明らかだ。

「……『そは古(いにしえ)より伝わる契(ちぎ)りごと、願いは果たされ契りは終わる、天にまします我らが神よ、その御手より授かる光の祓(はら)え、この者に命の息吹をもう一度与えん……破縛の解毒』——ッ!?」

半信半疑だったが、自身の身体から魔力が抜け出ていくのを感じる。螺旋(らせん)を描いた光が、ルヴァインの指先から少女の手に吸い込まれていく。

(これが……これが「破縛の解毒」……なんと美しい)

神性を感じさせるその光は、少女の中で活動を始める。少女の手に散っていた黒の斑点が消える。光が、毒素を分解していくのが目に見えるようだった。

呆然(ぼうぜん)とするルヴァインをよそに、シルバーフェイスはすでに少女を抱きかかえていた。

「……ありがとう、感謝する」

その口調は明らかに、安堵(あんど)しているようだった。

「あなたはいったい……何者なのですか。どうして教会の邪魔をするのです」

「おれは教会の邪魔をしているんじゃない。道に外れた行いが許せないだけだ」

「あなたは正義の味方だとでも言うのですか？」

ルヴァインの問いに、シルバーフェイスは鼻で笑った。

「教会の偉いヤツらに聞いてみるんだな。獣や人間を合成し、新たな命を創り出すことが正しい教会の教えなのか、と」

「!!」

それが教皇の言うところの「天使化」を意味しているのは明らかだった。

「それじゃあ、おれは行く。――最低限の魔力は残しておくことだ。アンタの魔法が近々必要となるだろう。それこそが今回のことに対する、おれからアンタへの報酬とする」

「あっ、まだ話は――」

シルバーフェイスが少女を抱えて部屋を出て行くが、あわててルヴァインがそれを追って出たところで、すでに彼の姿は見えなくなっていた。

エピローグ　「秘密」、それぞれの「決断」

「フラワーフェイス！　魔力の残量は!?」

「あと10回くらいが限度です……！」

「そうですか、もうちょっと地獄を見ればなんとかなりそうですわね。あと100人くらいいらっしゃるんですもの」

「ひえええええ!?」

ポーラとシュフィはクインブランド皇国の皇都ギィ＝クインブランドに来ていた。

ここが「呪蝕ノ秘毒」感染の大元で、1日遅れれば死ぬ、というギリギリの患者が数多くいた。

彼女たちが皇都にやってきてから5日が経過しているが、連日、「破縛の解毒」を使いまくっては魔力欠乏症で倒れるように眠り、目が覚めてはまた魔法を使うという日々を送っていた。

これが、かなりキツイ。毎日途切れることなく患者がやってくるし（むしろ増える傾向にある）、眠っても魔力が完全に回復した感じもないのだ。食事をしなければ魔力が戻らないので、身体がだるくて食欲がなくても無理に食べなければならない。

（うう、ヒカル様、ラヴィアちゃん……）

　思えば、3人で食べる食事は楽しかった。3人でいるときはラヴィアがよくしゃべる。読んだ本の話や街中のウワサなど、ポーラやヒカルですら知らないことを話してくれる。ポーラはラヴィアといろいろな話で盛り上がり、ヒカルは楽しそうにそれを聞いていた。日中の行動は別々であることが多かったが、夜の食事はたいていいっしょだった。それがたまらなく居心地がよかった。

　だけれども、「東方四星」の3人との食事は、会話がほとんどなく空気も淀んでいた。それは、事態が深刻であることももちろん影響しているだろうけれども、それだけでなく、ここにいない――ニホン、という国に帰ってしまったセリカのことが大きかった。

　シュフィは純粋に凹んでいて、ソリューズは、ほとんど独断でセリカを送り出したであろうシュフィを責めることもしなかったがめっきり口数が少なくなり、サーラはあまり気にする様子もなかった。

「フラワーフェイス、それにヴァインフェイス……ちょっと休憩しよう。君たちが気絶してしまったら、治せる患者も治せない」

　銀の仮面が間に合わず、太陽神の祭祀で使う仮面をつけているソリューズが言った。全員仮面を着けて、身元がバレないようにしているのだ。

それでも「呪蝕ノ秘毒」――ここでは「黒腐病」と呼ばれているこの病を治せる回復魔法使いが現れたという情報は、瞬く間に皇都中に広がり、患者が押し寄せてきていた。

「サー……じゃなかった、キティーフェイス！　一度患者の受け入れを抑えるように言ってきてくれないか！」

「あいあいさ〜〜」

サーラが診療室を出て行くが、外は「早く治してくれ」だの「金ならいくらでも出す」だの大混乱だった。

「………」

ポーラは、回復した患者を見ると「ここに来てよかった」と思う反面、自分の覚悟も足りていなかったと思っている。想像をはるかに超える事態だった。

大陸北方では最大都市である皇都。歴史を感じさせるその街並みの美しさと活気は、多くの吟遊詩人が好んで歌うほどだった。ポーラも、知識としてはそれを知っていたが、この街を訪れたときに感じ取ったのは――濃厚な死の気配。

街を歩いている人は少なく、腐臭がうっすらと漂っている。家々の扉や窓は固く閉ざされ、必死に病気の伝染を防ごうとしていた。

治療が始まってからすぐに、皇城から使者がやってきて、皇城に来て魔法について教えるようにと言われた。だが、シュフィが突っぱねた。今は治療が最優先。情報を隠すつもりはないので、高レベルの回復魔法使いがいるならここに来て学べと言ったのだ。

使者は面食らったが、押し寄せる患者たちの殺気立った空気に怯み、逃げるように去っていった。翌日には皇都大聖堂の司祭がやってきて、使者の非礼を詫び、魔法について聞いていった。

皇都にも1人だけ「破縛の解毒」を使える人物がいた。つまりソウルボード基準では「回復魔法」6を達成している人物だ。だがそれは教会に勤めて70年という老人であり、1日に使える「破縛の解毒」は数回という程度。

それでも、彼が皇城内のお偉方の治療に当たってくれたので、ポーラたちはここで重傷の市民を最優先で治療することができていた。

（つらいです……魔力が、全然足りません……）

ポーラにとって不運だったのは、冒険者として日が浅く、「魂の位階」がほとんど上がっていなかったことだ。それでもヒカルとの冒険で「魂の位階」は2ポイント上がり、ヒカルが別れ際に調整してくれたのでソウルボードの「魔力量」は8となっていた。熟練の冒険者であるシュフィと同等の魔力量である。

（でも、今ごろきっとヒカル様もがんばっているはず）

ヒカルのことを思い浮かべると、ぐったりした身体の奥底から力が湧いてくるような思いだった。

「……大丈夫です。まだ、いけます」

ポーラが起き上がると、シュフィもまたうなずいた。

「ほんとうに大丈夫なのかい？　君たちが倒れたら、代わりがいないんだ」

「大丈夫ですわ、ソリューズ。わたくしは自分の限界をきちんと見極めておりますもの」

「……そうか、わかった。それなら——」

とソリューズが言いかけたとき、バンッ、と診療室の扉が勢いよく開いた。

「ニュースニュース！　ビッグニュース！」

仮面で隠しきれないサーラの頬の一部が、紅潮している。

「サーラさん、診療室ではお静かに……」

「静かになんてしてられないにゃ～～！　だってだって！　特効薬！　入手したって！　冒険者ギルド経由で連絡が来たんだもん!!」

「えっ」

「今、大急ぎで運んでるみたい！　ルートは教えてくれなかったけど、遅くともあと3日か4日で皇都にも届くって！」

「な、何人分ですか!?　お薬の量は!?」

静かに、と言ったシュフィが興奮のあまりそれを忘れて腰を浮かせる。

「1万人！」

「――――えっ、聞き間違いですか、1万人と……千人の間違いですよね……？」

「違うよ、違う！　1万人！　1万人だって！　すごいよね!?　これで、ポーンソニアからの特効薬と合わせて皇都の患者を全員救えるよ！」

「――――」

どさり、とシュフィはイスに腰を下ろし、顔を両手で覆った。

「ああ……神は我らをお見捨てにはならなかったのですね……」

その声には疲労が滲(にじ)んでいる。気丈に振る舞っていても、さすがのシュフィも先の見えない戦いに神経が削られていたのだろう。

「フラワーフェイス、すごいにゃ！」

「え、あ、はい……」

「どうしてもっと喜ばないのぉ～!?」

「いや、なんだか、現実感がなくて……1万人分って、いったいどれくらいの量なのかな、とか……」

「そう言えばそうだけど、でもさ、これを調達したのはシルバーフェイスらしいよ！」

「――――!!」

シルバーフェイス、と聞いてポーラの目が見開かれる。

「すべて、納得しました！　シルバーフェイス様なら1万人ぶんくらい調達可能でしょう！」

「お、おぉう……？」

今度は逆にサーラが押される番だった。

「さあ、次の患者さんを呼んでください！　あと100人だろうと200人だろうと、回復させてみせましょう！」

腕まくりするポーラに、

「……次にフラワーフェイスがへばってきたら、シルバーフェイスの名前を出そう。そうすればきっと魔力が回復する」

ソリューズが呆れて言うと、シュフィもサーラも声を上げて笑った。

同じく笑いながら、ポーラは頬がひきつって上手く笑えないのを感じていた。笑い方を忘れていたかのように、それほどまでに笑っていなかったのだと、改めて思い知った。

それでも声を出した。笑うことで周囲の死の気配が、消えていくように感じられたのだ。

◇

シルバーフェイスとの遭遇でがっくり疲れたルヴァインが、その情報に接したのは彼が「塔」に戻ってすぐのことだった。

それは、ランナの工房が大破し、彼女自身は行方をくらませ、テンプル騎士団が暴走したキメラを押さえ込んだという内容だった。

だが、ルヴァインの心を乱したのはもうひとつの知らせ。

「教皇聖下のご様子は!?」

「そ、それが、もはや一刻の猶予もならないということです！」

ルヴァインは教皇の病室へと急いだ。「塔」内ではあるまじき、走るというみっともなさをさらしながら。

先ほどの夕食後、急に倒れた教皇の身体には黒い斑点が現れているらしい。

そして特効薬がまったく効かない――。

「今は回復魔法の使い手を集めて魔法をかけ続けていますが、一進一退で……もし魔力が切れたらそのときが……」

「くっ」

――最低限の魔力は残しておくことだ。

シルバーフェイスが言ったことが脳裏をよぎる。彼の言葉に従ったわけではないが、ルヴァインの魔力はまだ多少残っている。

(改良された「呪蝕ノ秘毒」を投与されたのだ……！)

間違いないだろう。

誰に？　決まっている、シルバーフェイスに、だ。

「教皇聖下！」

病室へとやってくると、多くの回復魔法使いが集められ、代わる代わる魔法をかけていた。しかし長期戦になっており、魔力を消耗している彼らの表情は優れない。

さらにここにいるのはほとんどが助祭で、司祭はひとりしかいないことにもルヴァインは気がついた。「塔」には大司祭が5人以上は常駐しているはずだ。多いときには20人ほどもいる。「塔」で起きたことを細大漏らさず聞くことを楽しみにしている彼らが、教皇の体調変化に気づかないわけがない。

つまり、

（逃げたのか……!! 毒の感染を恐れて!!）

教皇が死ねば、大司祭から次の教皇が選ばれる。だが毒に感染して自らもまた死んでしまえば意味がない。大司祭たちはみんな、特効薬では治らない改良版「呪蝕ノ秘毒」に教皇が感染していることを知っているのだ。

「……ルヴァインか」

弱々しいその姿は、すでに「死」のニオイを色濃く漂わせていた。顔の半分に黒い斑点が散っている。

「ランナを、探せ……それ以外、この毒を治す、手立てはない……そうだろう？」

「――――」

ルヴァインはつばを呑んだ。

――アンタの魔法が近々必要となるだろう。それこそが今回のことに対する、おれからアンタへの報酬とする。

おそらくシルバーフェイスは、教皇が死に瀕して、多くの回復魔法の使い手を集めると予測した。そこでルヴァインが手を挙げれば教皇を治すことができる。教皇は感謝し、ルヴァインを取り立てるだろう――それをシルバーフェイスは治療に対する「報酬」にしたのだ。

だがシルバーフェイスは知らなかったのだ。

すでにルヴァインが、教会内部ではその上を望むべくもない大司祭であることを。

これ以上取り立てられることはない――しかしここで教皇の命を救えば、次期教皇の座はほぼ確実にルヴァインのものとなる。

ごくり、とつばを呑む。

(私が、教皇聖下の命を握っているというのか……!?)

動悸が激しくなる。冷や汗が噴き出す。

「どうした……ルヴァイン。お前は、お前だけは、我の忠実なる僕だろう……？」

教皇の声にイラ立ちが混じる。助祭たちが自分を見つめているのを感じる。

ここで教皇が死ねば、ルヴァインではない、欲に目のくらんだ大司祭の誰かが教皇の地位に就く。教義に貪欲ではないが富に貪欲である彼らは、他国とは上手く付き合うだろうが、国内の一般市民は搾取されるだろう。敬虔なる信徒であればあるほど、搾取されていくのだ。

それは見過ごせない。

しかし一方でここで教皇が生き長らえれば、全力で戦争に傾いていく。自分は次期教皇となるかもしれないが、それはつまり、教皇の推し進める大量殺戮に手を貸すということにほかならない。

どちらを選ぶ——どちらを選んだらいい？

「ルヴァイン……！」

教皇の声に、ルヴァインは背筋を伸ばす。

「……きょ、教皇聖下に……申し上げます」

汗に濡れた顔で、ルヴァインは言った——。

獣人兵団とテンプル騎士団の戦局は、どちらから切り出したわけでもなく一時休戦となっていた。テンプル騎士団が繰り出してくる翼の騎士にはアインビスト軍も対応していた

が、それでも弓兵が少なく、被害は徐々に出ている。

とはいえテンプル騎士団側の翼の騎士も、さほど数は多くないようで、だんだん向こうの攻撃頻度が下がり、今日に至っては一切の交戦が行われないまま、にらみ合いとなっている。

「──おい、それはマジか！」

「ツイてるな」

「いやはや、なにが起こるかわからんものだ」

夕方、盟主ゲルハルトの天幕に集まっていたアインビスト幹部たちは、報告を聞いて声を上げていた。

ゲルハルトのもとにもたらされた情報は、二つ。

一つは、クインブランド皇国が建国史上初めて、ポーンソニア王国と同盟を結んだことだ。

そしてもう一つは、皇国が聖ビオス教導国に対して宣戦布告したことである。

ホープシュタットからやってきた連絡員は続ける。

「我らがホープシュタットに来ている皇国の使者殿は、強い口調でビオスを非難しておられました。強力な毒素による一般市民を標的とした攻撃は、あまりに非人道的だと。それに加えて、人類全体に有益であるソウルカード関連技術の独占をやめ、無償で各国に提供すべきだとも主張しています。もしビオスが技術公開をしないのであれば、皇国が代わりに行うとも」

それを聞いて、副盟主のジルアーテは考える。

（皇国はすでにソウルカード関連の技術について相当の研究を進めているということか。ビオスがなくとも教会を独立させることができると考えた……）

これまで各国は聖ビオス教導国に対して頭が上がらなかったが、反対にビオスは国としての性質上、領土を広げるような国策を持たなかった。

ビオスはあくまでも宗教国家であり、各国が同じ宗教に帰依（きえ）しているのだから戦争をする意味もないのである。

だが皇国が、ビオスのいちばんの強みであるソウルカード技術を手に入れたのだとしたら――今度はビオスの代わりに皇国が他国を圧するということではないか？

（そうなったら、より厄介になる可能性もある）

皇国は、皇帝が治める国家だ。皇帝が野望を持てばその版図（はんと）を広げるべく動き出す可能性がある。

「――宣戦布告はいいが、実際に動いているのか？」

ジルアーテがたずねると、連絡員はうなずいた。

「はい。すでに皇国軍が進発しているということです」

「だが皇国とビオスは領土を接していない――そうか、そのための同盟か」

ジルアーテは自分で言いながら合点がいった。ゲルハルトがじろりと連絡員、それにジルアーテを見る。

「どういうことだ」

「はっ。ポーンソニア王国はクインブランド皇国の動きに合わせ、皇国軍の国内通行を許可し、聖ビオス教導国との国境線までサポートする意思を表明したということです」

「盟主、おそらく皇国はビオスを最速で叩きつぶすために、ポーンソニアと同盟を結んだのです」

「……ふうむ。なにかデケェ目的がねえと、さすがに仇敵のポーンソニアと同盟とはならねえものな。その目的がビオス攻略だというのなら納得だぜ」

ゲルハルトが言うと、他の獣人たちは喜んでいた。彼らはこれで故国に帰れると思ったのだ。いくらビオスであってもアインビストと戦いながら、皇国を迎撃することはできないだろう。

向こうにやる気がないのなら引き返したい――これが獣人たちの偽らざるところだ。彼らはなんといっても、飽きっぽいのである。一気呵成に終わらない戦争はまったく向いていない。

(でも……今、撤退するのはマズイ。皇国がビオスを討ったら、皇国はこの大陸の覇者になろうとするのでは？）

そうなったらアインビストはどうなるのか。放置される？　あるいは同盟を結ぶ？　わからない。結局のところ、その時々の皇帝の考えによって左右されることになるのだ。

ならば今、最善の手は――。

（……これ、かもしれない）

ジルアーテが思いついたところへ、ゲルハルトがたずねた。

「おう、ジルアーテ。こいつらの目を見ろよ、全員もうウチに帰ってママのおっぱいが飲みてぇとよ」

ゲルハルトが茶化すと、獣人の幹部たちは笑いながら「おっぱいはともかく浴びるように酒を飲みてぇもんです」だとか「そろそろ嫁が浮気してねぇか心配だぜ」とか言っている。

つまり彼らの思いは、もう、「退却」にあるのだ。

「――ジルアーテ、お前はどう思う？　この局面でなにをすべきだ？」

その言葉に、ハッとする。

ゲルハルトも、今ジルアーテが思いついた内容に気づいたのだ。

全員の視線が彼女に集まった。

「私は」

ほんとうにこれでいいのか。間違いではないのか。

教えてくれ——シルバーフェイス。

「……退却、だと思います」

ほっとしたような空気が流れた。

「ですがそれは『見せかけの退却』です」

「『見せかけの退却』だぁ？」

ゲルハルトが面白そうな顔でたずねる。それにうなずいて返しながら、ジルアーテは、

（……ここにシルバーフェイスはいない。私が、自分で考え、自分で提案しなければ）

決然とした口調で言った。

「退却のそぶりを見せれば、テンプル騎士団は、我らが傷つき、休息を求めていると考えるでしょう。彼らは安心してこの戦場を離れます。しかしテンプル騎士団は休む間もなく皇国と戦う前線に送り込まれるはずです。つまり……」

「つまり？」

緊張のあまり乾いた唇を、ジルアーテは舌で湿らせた。

「……ビオスの聖都アギアポールまでは、ほぼ無防備の街が続くことになります」

ここまで言えば、どんな鈍感な者でもわかっただろう。

「この好機を逃してはなりません。我らは、その隙を突いて聖都アギアポールを落とすべ

きです。それこそが、奴隷として囚われている同胞をすべて解放する、最大のチャンスです」

「…………ッ……ッ……」

聞くに堪えないような呪詛の言葉を、そのマンノームは口にしていた。暗く長い螺旋階段を、魔導ランプひとつ手に持って歩いていく。先ほど、最後の鉄扉を過ぎてからどれくらい経っただろうか？　内側からも施錠でき、なおかつ強固な魔術ロックを掛けられるので、ここまで追っ手が来ることはないはずだ。

「もう、あたしに残ってるものはなにもない。今からよその国に行ったところであたしを雇うようなもの好きはいないだろうし、今さらめんどくさいしがらみにまとわりつかれるのも迷惑だ。これを……ここを、最後の研究としよう」

彼女は不意に、前方が開けるのに気がついた。

より深い暗闇がそこには広がっていた。

「はぁ……話では聞いていたけど、こんなにも広いところだったんだねぇ。まさか『塔』の地下に大空洞があるとは、ほとんどの人間は知らないだろうな」

言いながら、彼女は進んでいく。

「さあ……教皇よ。アンタが望んでた例の件、終わらせてやるよ。だけど、報告はできなさそうだね」

闇に向かって、そのマンノームはためらうことなく歩を進めていった。

ふう……とヒカルは長く息を吐いた。ラヴィアの呼吸が安定し、もう問題ないだろうとはっきりしたのはその日の夜だった。

一度目を覚ましたラヴィアは何度もヒカルに謝っていたが、謝ることなどなにひとつないと、その都度ヒカルは彼女に言った。

悪いのは、連中だ。

教皇には毒を食らわせてきた。

おそらくルヴァインが治療するだろうが、自分の行ってきたことの非道さを身に染みてわかればそれでいい。

もし死んだら、そのときはそのときだとヒカルは思っている。

あとはランナだが、彼女を探すのはラヴィアの容態が安定してからだ。

　ヒカルはラヴィアの眠る寝室の扉を閉めた。ホテルとはいえ、住居のように広い一室である。

「……ウンケン、入ったらどうだ？」

　ヒカルは廊下にいるであろう扉の向こうの人物に声を投げかけた。少しして、キィ、とドアが開いてウンケンが入ってきた。

「なんじゃなんじゃ、気配を消しておったのに気づかれていたか。ワシも衰えたかのう……寄る年波には勝てぬわ」

「そんなところで立っていないで、中へ入れよ。お茶でも淹れる」

「嬢ちゃんは大丈夫なのか？」

「うん、まあ……」

　ウンケンがどこまで情報をつかんでいるかわからないが、「呪蝕ノ秘毒」の改良版については一応話しておくことにした。製造施設は破壊したのだが、ランナはまだ生きているのだから。

「――なるほど、大変じゃったな」

　ヒカルがお茶を出すと、ウンケンはうまそうにすすった。こうして見るとヒカルは年相応の少年だし、ウンケンは好々爺といった体である。お互い「隠密」の達人なのだが。

「それで、こんな夜更けになんだ？　おれの用事が終わったらポーンドに帰ると言っていなかったか？」

「いろいろあってのう……」

ウンケンはそれから、皇国の宣戦布告について話した。冒険者ギルドとしても情報を仕入れてほしいということで、アギアポールに残留が決まったらしい。

「お前さんも、ここのギルドマスターも、老人使いが荒いものじゃ。まあ、アインビストは撤退するであろうし、皇国とビオスの戦争は長引くことだろう。しばらくすれば帰還命令が下ろうがの」

「……そう、だろうか」

ヒカルは心に引っかかった。

ジルアーテならどうするだろうか、と。

しかし今それを話しても仕方のないことだ。外交の世界はウンケンのほうが詳しいだろうし。

「今夜はそのことをおれに話しにきたのか？」

「ああ……いや」

ウンケンは歯切れ悪くそう言ってから、視線をさまよわせ——やがてヒカルの瞳をじっと見つめた。

「……お前さんには結構な迷惑をかけたからの……このことを話すべきかどうか迷ってお

ったが、皇国がビオスに刃を向けたことで吹っ切れたわ。どのみちこの秘密は、遅かれ早かれ多くの人間が知ることになろう」

「秘密？　……まさか、それって」

「マンノームの秘密。ランナが教皇に話したであろう、それのことよ。――聞く気はあるか？」

その老人の瞳は澄んでいて深い知性を感じさせ、揺らぎがなかった。

自分の覚悟を試されているのかもしれないとヒカルは感じた。

このままこの戦局に首を突っ込むのか。それとも引き返すのか。

大事なパートナーであるラヴィアを傷つけられてなお、お前は介入するのかと。

「…………」

ヒカルはちらりとベッドで眠っているはずのラヴィアのほうへと視線を向けた。扉の向こうで、ラヴィアはどんな夢を見ているだろうか。

「聞かせてくれ」

答えを聞いたウンケンは、数秒、目を閉じた。

「うむ……わかった。その前にもう一杯、茶をもらうぞ。話は長くなるからな」

自分で茶を注ぎながらウンケンは――人間の3倍という長寿であり、200歳を超えるマンノームは――ゆっくりと語りだした。

それはマンノームという「種族」の物語であり。

クインブランド皇国という「国家の成り立ち」の物語であり。

聖ビオス教導国という宗教国家の「過去」にまつわる物語であり。

「塔」の地下にあるという「秘密」――かつての聖人と、マンノームに関する「秘密」の物語だった。


〈『察知されない最強職 6』完〉

この作品に対するご感想、ご意見をお寄せください。

●あて先●

〒101-0052 東京都千代田区神田小川町3−3
主婦の友インフォス　ヒーロー文庫編集部

「三上康明先生」係
「八城惺架先生」係

ヒーロー文庫

察知されない最強職（ルール・ブレイカー）6

三上康明（みかみやすあき）

2020年2月10日　第1刷発行

発行者　前田起也

発行所　株式会社　主婦の友インフォス
〒101-0052 東京都千代田区神田小川町3-3
電話／03-6273-7850（編集）

発売元　株式会社　主婦の友社
〒112-8675 東京都文京区関口1-44-10
電話／03-5280-7551（販売）

印刷所　大日本印刷株式会社

ISBN 978-4-07-442235-7